피망이세요?

피망
이세요?

부연정 장편소설

|주|자음과모음

차례

전학생의 등장

"엄마, 웬 거울이야?"

책상 위에 가방을 던진 가영이 방 한구석을 차지한 전신거울을 보고 고개를 갸웃거렸다. 테두리에 꽃무늬가 새겨진 화려한 거울은 좁고 지저분한 가영의 방이 아니라 공주가 사는 성에 있어야 할 것만 같았다.

"아, 그거? 엄마가 하나 사 왔지."

"거짓말."

가영이 아랫입술을 툭 내밀며 거울 앞으로 한 걸음 다가갔다.

"여기랑 여기, 긁힌 자국 있는 거 다 보이거든? 또 누가 버리고 간 거 주워 온 거 아냐?"

가영의 다빅에 엄마가 "호호호" 하며 겸언쩍은 웃음을 흘렸다. 그러곤 슬그머니 변명을 늘어놓았다.

"이게 다 환경을 위한 일이야. 너 피망마켓이라고 알지?"

"아, 그 중고거래 앱? 같은 동네 사는 사람들끼리 물건 사고파는 거 말이지?"

"그래, 피망마켓에 누가 무료로 나눠 준다고 글을 올렸지 뭐니? 그래서 보자마자 찜했지. 멀쩡한 물건이 얼마나 싸게 올라오는지, 앉아서 돈을 버는 기분이야."

"그래서 요즘 온종일 휴대폰만 들여다보고 있었구나? 그래도 뭐, 전에 주워 온 다리 세 개 달린 의자나 날짜 지난 달력보다는 낫네."

가영이 거울에 비친 자신의 모습을 보며 고개를 끄덕였다. 쌍꺼풀 없는 눈과 통통한 뺨이 있는 그대로 비쳤다.

"그렇지? 너 거울 좀 보고 살라고 가져 왔어. 도대체 그 살은 언제 뺄 거니?"

"뺄 살이 어디 있다고 그래?"

가영이 대번에 눈을 치뜨며 신경질적으로 쏘아붙였다.

"어디 있기는? 네 옆구리 살 좀 봐라. 볼은 또 어떻고? 나는 데굴데굴 공이 굴러다니는 줄 알았다."

"고슴도치도 자기 새끼는 예쁘다는데 엄마는 왜 그래? 그거 자존감 깎아 먹는 말인 거 알지? 사춘기 딸한테 하면 안 되는 말 1위야!"

"아이고, 뭔 말만 하면 자존감이래. 너 자존감이 뭔 뜻인지는 알고 하는 말이니?"

"엄마가 지금 반 토막 내는 게 자존감이지!"

"잘났다, 정말. 대체 저놈의 사춘기는 언제 지나가나 몰라."

말로는 이길 수 없다는 듯 엄마가 혀를 차며 물러섰다. 가영은 거울 속에 비친 자신의 얼굴을 들여다보며 입술을 삐죽였다.

"나 정도면 예쁜 편이지, 뭐. 요즘에는 이렇게 쌍꺼풀 없는 눈이 대세란 말이야. 걸그룹들 봐, 나 같은 얼굴이 가장 인기가 많다고. 찹쌀떡처럼 말랑말랑한 게 귀엽잖아. 근데⋯⋯."

말끝을 흐린 가영이 이상하다는 듯 고개를 갸웃거렸다. 가영의 시선이 자신의 눈, 코, 입을 하나씩 훑어 내렸다.

"이상하네. 오늘따라 좀 못생겨 보여. 그럴 리가 없는데?"

"그럴 리가 없기는 뭐가 그럴 리가 없어? 헛소리 그만하고 얼른 옷이나 갈아입어. 밥 먹게."

귀가 밝은 엄마가 용케 가영의 혼잣말을 듣고는 주방에서 소리쳤다.

"알았어."

교복을 갈아입은 가영이 "엄마, 배고파" 하고 우는소리를 하며 방을 나갔다. 텅 빈 방 안에 홀로 남은 거울 위로 검은 그림자가 일렁였다.

＊

쯥쯥, 쭈왑, 쫘왑.

어디선가 들리는 경망스러운 소리에 뒤를 돌아본 석진이 눈살을 찌푸렸다.

"넌 그게 맛있냐?"

고개까지 뒤로 젖혀 가며 열심히 홍삼 스틱을 빨던 시온이 힐긋, 눈동자만 돌려 석진을 쳐다보았다. 석진은 쓴맛이 고스란히 느껴진다는 표정으로 "웩" 하고 구역질을 했다.

모르는 소리 말라는 듯 시온이 진지하게 대꾸했다.

"딱히 맛있어서 먹는 게 아니야."

"그럼?"

"이거라도 안 먹으면 몸이 허해져서 더 잘 보이니까 그런 거야."

"몸이 허해져서 더 잘 보인다고? 잘 안 보인다는 걸 잘못 말한 거 아냐?"

석진이 핀잔을 날렸다. 시온은 들은 체도 하지 않고, 빈 홍삼 스틱 껍데기를 쓰레기통에 던져 넣었다.

골인!

책상에 넙죽 엎드린 시온이 피곤한 얼굴로 앓는 소리를 냈다.

"오늘따라 왜 이렇게 꾸물거려. 기분 나쁘게."

"꾸물거린다고?"

구름 한 점 없이 맑은 하늘을 올려다보던 석진이 영문을 모르겠다는 듯 고개를 절레절레 저으며 한숨을 내쉬었다. 때마침 담임 선생님이 문을 열고 들어왔다.

"좋은 아침."

"안녕하세요, 쌤."

시끌벅적하게 떠들어대던 아이들이 자리로 돌아가며 인사했다. 힘없이 축 늘어져 있던 시온도 비척비척 상체를 일으켰다. 비어 있는 옆자리가 눈에 들어왔다. 피곤한 안색 위로 걱정스럽다는 표정이 스치고 지나갔다.

'진짜 무슨 일이 있는 건가?'

"오늘 전학생이 왔다."

담임의 굵직한 목소리가 시온의 상념을 꿰뚫었다. 조용하던 교실이 금세 술렁이기 시작했다.

온화한 날씨가 이어지는 4월 말. 처음 고등학생이 되어 긴장하고 쭈뼛거리던 아이들은 슬금슬금 저마다의 무리를 형성했다. 쉬는 시간에도 책을 보는 우등생 그룹과 수업 시간에도 책을 펴지 않는 그룹, 그리고 그 중간 어딘가에 있는 애매한 그룹까지. 그들은 묘한 균형을 이루며 교실의 평화를 유지했다.

그런데 오늘, 예상치 못한 이방인이 툭 하고 끼어든 것이나. 아이들은 전학생이 어떤 무리의 일원이 될지, 혹은 어느 쪽에도 끼지 못하고 붕 뜬 존재가 되는 건 아닐지 궁금해하며 호기심 어린 눈을 반짝였다.

"들어와라."

담임의 말에 열려 있는 교실 문 안으로 한 남학생이 걸어 들어왔다. 그 순간, 교실 안이 또 한 번 술렁였다. 여자애들의 들뜬 분위기가 선명하게 느껴졌다. 그제야 시온은 숙였던 고개를 들고 낯선 전학생에게 시선을 주었다.

"진짜 잘생겼다."

"우리 반에도 드디어 꽃미남이 생겼네."

"아이돌 연습생 아니야? 이 시기에 전학 온 거 보니까 그럴 가능성도 있을 것 같은데? 3학년 선배 중에도 연습생이 있대."

근처에 앉은 여자아이들이 조그맣게 속삭이는 소리를 들으며 시온은 전학생의 얼굴을 훑었다. 밤처럼 새카만 머리카락과 눈동자, 그에 대비되는 하얀 피부, 깎아 놓은 듯한 이목구비에 작지 않은 키까지.

"꽃미남은 무슨. 피죽 하나 못 얻어먹은 것처럼 파리한 게 꼭 저승사자 같잖아."

시온의 혼잣말에 석진이 반색을 하며 뒤를 돌아봤다.

"이시온, 너도 그렇게 생각하지? 솔직히 저게 그렇게 잘생긴 얼굴은 아니지 않냐? 나랑 별 차이도 없는 것 같은데."

취소다. 남자아이들의 눈매가 심통 맞은 걸 보니 잘생기긴 한 모양이다.

"똑같이 눈 두 개, 코 하나, 입 하나 달려 있다고 별 차이 없다는 말을 하면 안 되지, 김석진. 양심의 가책이 느껴지지 않아?"

"야, 이시온!"

"자, 자, 조용! 전학생은 자기소개 한번 해 봐라."

교탁을 두드리는 소리에 석진이 씩씩거리며 앞으로 몸을 돌렸다. 심드렁한 눈으로 좌우를 둘러보던 전학생이 천천히 입을 열었다. 익숙하지 않은 곳에 혼자 떨어지면 누구든 긴장을 하기 마련임에도 불구하고, 전학생의 목소리는 지극히 평온했다.

"백준서입니다. 잘 부탁합니다."

'하나도 잘 부탁한다는 태도가 아닌데?'

"준서는 저기 맨 뒤에 빈자리 하나 있지? 거기 앉고…… 가영이는 오늘도 결석이냐?"

말을 하다 말고 담임이 시온에게 시선을 던졌다. 뚜벅뚜벅 걸어가는 준서를 쳐다보던 시온이 "예" 하고 고개를 끄덕였다. 담임이 골치 아픈 표정으로 긴 한숨을 내쉬었다. 사흘째 결석 중인 가영을 어떻게 해야 할지 모르겠다는 듯.

"이상."

담임의 말과 동시에 교실은 금세 소란스러워졌다. 여자아이들이 순식간에 준서를 에워쌌다. 전학생이 썩 마음에 들지 않지만 궁금하기는 한 남자아이들도 그 무리에 슬쩍 끼었다.

"왜 전학 왔어?"

"전학 오기 전에는 어디 살았어?"

"너 공부 잘해? 전에 다니던 학교에서는 몇 등이었어?"

"혹시 아이돌 연습생이야? 기획사에 소속되어 있어?"

와악, 하고 쏟아지는 질문들을 한 귀로 흘려들으며 시온은 다시 책상에 엎드렸다. 저를 향한 질문도 아닌데 듣는 것만으로도 피곤했다. 전학생이 반 아이들의 관심에서 벗어나려면 족히 일주일은 걸릴 것이다.

그때, 천천히 교실 천장을 훑어보던 준서가 빙긋 웃으며 대꾸했다.

"이 동네가 기운이 좋은 것 같아서 이리로 이사 왔어."

그 말에 여자아이들이 와하하, 하고 웃음을 터뜨렸다.

"별로 웃기지도 않는데. 넌 저게 웃기냐?"

석진의 투덜거림이 머리 위로 떨어졌다. 제게 하는 말인 것 같았지만 시온은 대답할 힘조차 없었다. 오늘따라 유독 더 잘 보였다. 그것들을 못 본 척하는 것만으로도 온몸이 축축 늘어지고 신경이 너덜너덜해졌다.

"그런데 어깨에 멘 그 통은 뭐야? 동그랗고 긴 통 말이야. 준서 너 혹시 그림 그려? 예체능 지망생이야?"

"이거? 화살통이야. 나 그 전 학교에서 양궁부였거든."

"와, 멋있다!"

"별로 멋있지도 않은데. 넌 저게 멋있냐?"

석진이 또다시 부루퉁하게 중얼거렸다. 시온은 이번에도 그 말을 못 들은 척 눈을 감고 귀를 막았다. 불현듯 텅 빈 옆자리가 떠올랐다. 토요일에는 가영의 집에 가 봐야겠다고 생각하며, 시온은 빠르게 잠 속으로 빠져들었다.

✳

토요일 오전, 시온은 오랜만에 맞는 평화로움에 느긋한 한숨을 내쉬었다. 젖은 머리를 한 채 식빵 한 조각을 우물거리며 뛰어나가는 평일과 달리 한가한 아침이었다.

"우유 줘?"

"응."

시온은 식탁에 앉으며 엄마가 건넨 우유를 시리얼 위에 부었다. 늦잠을 잔 탓에 아직까지 퉁퉁 부은 눈을 반쯤 감은 채였다. "흐아암" 하고 길게 하품을 하고 나서야 기계적으로 숟가락질을 했다.

"당신도 시리얼 먹을 거예요?"

아빠가 부스스한 머리를 긁적이며 안방에서 나왔다. 안경을 밀어 올린 아빠가 시온을 보고는 "잘 잤니, 시온아?" 하고 다정하게 물었다.

"응."

시온은 고개를 끄덕이며 아빠의 그릇에 시리얼을 부어 주었다.

"토요일인데 어디 나가니?"

아빠가 시온의 차림을 보며 물었다. 시온은 남은 우유를 한 번에 들이켜며 또다시 "응" 하고 대꾸했다.

"가영이가 사흘째 결석 중인데 전화를 해도 안 받아서 집에 한번 가 보려고."

"그래? 환절기라 감기에 걸렸나 보다. 많이 아픈 게 아니어야 할 텐데. 가영이 만나거든 안부 전해 주렴."

"응. 아 참, 엄마 아빠."

시온의 부름에 시리얼을 먹던 아빠와 식빵을 굽던 엄마가 동시에 고개를 돌렸다.

"담임선생님이 부모님과 상의해서 장래희망을 적어내라고 하셨는데, 나 공무원이라고 적을 거니까 그렇게 알고 있으라고."

"시온이 너, 공무원이 되고 싶니?"

처음 듣는 말이라는 듯, 아빠가 숟가락을 내려놓고 사뭇 진지하게 물었다. 시온은 빈 그릇을 싱크대에 갖다 놓으며 대수롭지 않게 대답했다.

"응."

"공무원은 공부를 잘해야 하지 않나? 너 그 정도 성적이 돼?"

현실을 직시하게 만드는 엄마의 냉정한 물음에 시온의 눈매가 부루퉁해졌다.

"이제부터 하면 되지."

"그런데 왜 공무원이 되고 싶니?"

시온은 아빠를 돌아보며 가볍게 어깨를 으쓱였다.

"공무원이 가장 평범하잖아. 내 인생 목표가 평범하게 사는 거라서 말이야. 공무원이 되면 평범하게 살 수 있지 않을까?"

"시온아."

아빠가 안쓰러운 눈으로 시온을 응시했다. 엄마도 하던 일을 멈추고 시온을 바라보았다. 무슨 말을 하려는 것 같던 부모님은 끝내 아무 말도 하지 않았다. 시온은 갑작스러운 침묵이 부담스러워 휴대폰을 주머니에 쑤셔 넣은 뒤 집을 나섰다.

"다녀오겠습니다."

시온의 인사가 적막한 식탁 위를 쓸고 지나갔다. 현관문이 닫히고 나서야 시온의 엄마가 참았던 한숨을 내쉬었다. 아빠가 너무 걱정하지 말라는 듯 엄마의 손등을 툭툭 두드렸다.

삐로로, 삑삑삑, 삘릴릴리.

새소리를 흉내 낸 초인종이 온 동네 새들을 모두 깨울 것처럼 요란하게 울었다. 오래지 않아, 철컹하는 소리와 함께 대문이 열렸다. 시온은 한때 제집처럼 뻔질나게 드나들었던 집 안으로 들어갔다.

시온과 가영은 소위 말하는 소꿉친구다. 두 사람의 엄마들이 고등학교 동창이라 둘 역시 자연스럽게 친구가 된 셈이었다.

"안녕하세요, 아줌마."

"그래. 어서 오렴."

시온이 가영의 엄마를 향해 살짝 고개를 숙였다. "오랜만이네" 히고 인사하는 아줌마의 얼굴이 어딘지 모르게 초췌해 보였다. 그 이유야 쉽게 짐작할 수 있었다.

"가영이 있어요?"

"너도 가영이가 걱정돼서 왔나 보구나. 걔가 도대체 왜 저러는 지 원."

아줌마가 긴 한숨을 흘리며 먼저 등을 돌렸다. 시온은 거실 소 파에 앉아 어색한 표정으로 주위를 둘러보았다. 오랜만에 오는 집 이지만 달라진 게 하나도 없었다. 코끼리 조각상과 달마도, 앤티 크 조명은 따로 보면 괜찮은 물건이었지만, 한자리에 있으니 어 울리지 않았다.

시온에게 오렌지 주스를 건넨 아줌마가 그제야 입을 열었다.

"안 그래도 너한테 전화해 보려던 참이란다."

주스를 한 모금 마신 시온이 두 눈을 깜빡이며 아줌마를 쳐다 봤다. 한 손으로 턱을 괸 아줌마가 시온에게 조심스러운 시선을 던졌다.

"가영이 말이야, 혹시 학교에서 무슨 일 있었니?"

"무슨 일이요?"

"그 착하고 무던한 애가 갑자기 왜 저러는지 모르겠구나."

무슨 일인지 모르겠는 건 시온 역시 마찬가지였다. 가영은 공부를 썩 잘하는 편은 아니었지만 성실함 하나만큼은 전교 1등이었다. 유치원부터 중학교 졸업식까지 개근상을 놓친 적이 단 한 번도 없을 정도였다.

그런 가영이 일주일째 결석이라는 건 보통 일이 아니었다. 심지어 자신이 보낸 메시지에도 답이 없었다. 시온의 눈동자가 의문을 품었다.

"가영이 어디 아픈 거 아니었어요?"

"아픈 거면 차라리 낫지."

한숨을 푹 내쉰 아줌마가 시온에게 물었다.

"정말로 아무 일 없었니? 누가 가영이 외모를 가지고 놀렸다거나, 아니면 외모 때문에 왕따를 당했다거나. 괜찮아, 아줌마한테는 솔직하게 말해도 돼."

"외모요?"

전혀 생각지도 못한 말에 시온은 저도 모르게 멍청한 표정을 짓고 말았다. 그 모습을 보던 아줌마가 이마를 짚었다. 그러곤 골치가 아픈 듯 끙끙거리며 말했다.

"온종일 거울만 들여다보면서 울고 있으니 뭔 일인지 모르겠구나. 성형수술을 해 주기 전까지는 학교에 안 가겠대. 자기 얼굴이 창피해서 도저히 집 밖을 나갈 수가 없다고 난리지 뭐니. 사람들이 자기 외모를 가지고 수군거린대."

"성형수술이요? 누가요? 가영이가요?"

시온이 도저히 믿기지 않는 이야기를 듣고 두 눈을 부릅떴다. 하얗고 동글동글한 얼굴의 가영은 찹쌀떡이라는 별명이 무척 잘 어울리는 외모의 소유자였다. 볼록 솟은 볼살이 부드럽고 말랑말랑해서 더욱 그랬다.

가영은 이제까지 자신의 외모에 대해 단 한 번도 불평을 한 적이 없었다. 아니, 불평은커녕 "요즘에는 쌍꺼풀 없는 외모가 대세야. 아이돌들 봐. 이런 외모의 멤버가 가장 인기가 많다고. 조만간 나 좋다는 애들이 줄을 설걸?" 하고 으스대기까지 했다. 그런 가영이 성형수술이라니, 도저히 믿기지 않았다.

시온이 할 말을 잃고 멍하니 입을 벌리자, 아줌마가 그 마음을 충분히 이해한다는 표정으로 고개를 끄덕였다.

"자존감이 하늘을 찌르던 애가 하루아침에 변했지 뭐니? 쌍꺼풀이 없어서 눈이 작아 보인다느니, 콧대가 휘었다느니, 얼굴이 비대칭이니 하면서 불만을 쏟아내는데, 어휴, 말도 마라, 시온아. 달래기도 하고, 화도 내 보고, 빌어도 봤는데 도무지 말이 안 통해. 아예 다른 사람이 된 것처럼 어찌나 황소고집을 부리는지. 얘는 사춘기도 왜 이리 유난스럽게 지나는지 몰라."

사춘기.

어른들은 자식이 이해할 수 없는 행동을 하면, 정해진 공식처럼 사춘기란 단어를 입에 올리곤 한다. 이해하려는 노력보다 사춘기의 반항으로 치부하는 것이 훨씬 더 편하기 때문이다. 그때는 원래 그래, 금방 지나갈 거야, 라고 하면서.

그래서 사춘기라는 단어 속에는 청소년들의 불안과 걱정, 고민, 분노, 두려움 같은 것들이 뭉뚱그려져 있다. 그것은 마치 스크래치와 같았다. 겉은 온통 검은색으로 똑같아 보이지만, 날카로운 송곳으로 살살 긁다 보면 그 아래 각기 다른 그림이 숨어 있는 스크래치 말이다.

"가영이는 방에 있어요?"

시온이 화제를 전환하려고 엉덩이를 반쯤 떼며 물었다. 여기서 이럴 게 아니라 가영을 만나 직접 이야기를 나눠 보고 싶었다.

그 말에 아줌마가 희미하게 눈살을 찌푸리며 고개를 저었다.

"아침부터 가영이랑 또 한바탕했지 뭐니. 오늘 자기랑 같이 성형외과에 가자고 하길래 잔소리 좀 했더니 혼자라도 다녀오겠다며 문을 쾅 닫고 나갔어. 도대체 무슨 생각을 하는 건지 모르겠다니까. 시온아, 혹시 가영이한테 좋아하는 남자애라도 생겼니? 들은 거 없어? 둘이 죽고 못 사는 사이잖아. 가영이가 너한테는 말했을 거 아냐?"

"아니요. 제가 알기론 없는데요."

"그러니."

아줌마가 벌써 몇 번째인지 모를 한숨을 쉬었다. 살짝 고개를 비트는 아줌마의 눈시울이 언뜻 붉어진 듯했다.

시온은 아줌마의 눈치를 살피며 머뭇머뭇 자리에서 일어났다. 가시방석에 앉은 것처럼 마음이 불편했다. 어차피 가영도 없으니 더 이상 머무를 이유는 없었다. 나중에 가영이 있을 때 다시 와 봐야겠다고 생각하며 시온은 남은 주스를 한번에 들이켰다.

"전 이만 가 볼게요."

"그럴래? 가영이한테는 네가 왔다 갔다고 전해 줄게. 나도 약속이 있어서 지금 막 나가려는 참이었…… 어머?"

따로롱, 울리는 휴대폰 알람을 확인하던 아줌마가 두 눈을 동그랗게 떴다. 그러다 이내 난감한 표정으로 "이를 어쩌지" 하며 혀를 찼다.

"아이고, 내 정신머리 좀 봐."

"왜 그러세요?"

"가영이 방에 있는 거울을 피망마켓에 올렸거든. 무료로 주겠다고 하니까 금세 연락이 오더라고. 그런데 그 약속이 15분 뒤인 걸 깜빡했지 뭐니? 일 때문에 누굴 좀 만나기로 해서 지금 나가 봐야 하는데 이를 어쩐다. 상대방은 벌써 나왔을지도 모르는데."

"괜찮으시면 제가 대신 갖다 줄까요?"

쉽게 결정을 내리지 못하고 허둥지둥하던 아줌마가 그 말에 반색했다.

"어머, 정말? 그래 주면 나야 고맙지. 15분 뒤에 공원 입구에서 만나기로 했는데, 시간 괜찮니?"

"예. 어차피 할 일도 없는데요, 뭐."

"그래. 대신 다음에 오면 아줌마가 맛있는 거 만들어 줄게."

"떡볶이가 좋아요. 아줌마 떡볶이는 최고잖아요."

"어쩜, 시온이 너는 말을 이렇게 예쁘게 하니? 가영이가 네 반만 닮아도 좋겠다. 요즘 아주 시한폭탄 같다니까?"

푸념을 늘어놓던 아줌마가 가영의 방으로 걸어가며 덧붙였다.

"잠깐만 기다려 봐. 거울이 크니까 나가는 길에 아줌마가 들어다 주마."

거울이라 해서 책상 위에 올라가는 탁상 거울 정도로 생각했던 시온은 아줌마가 들고나온 전신거울을 보곤 뜨악한 표정을 지었다. 깜짝 놀란 시온의 얼굴에 아줌마가 "오호호" 하고 어색한 웃음을 흘렸다.

"누가 공짜로 준다고 해서 가영이 쓰라고 받아 왔는데 온종일 거울만 보면서 못생겼다고 울기만 하잖니. 차라리 눈에 안 보이면 낫지 않을까 싶어서 말이야. 이것도 버리려니 돈이 들더라. 혹시나 해서 피망마켓에 올렸더니 금세 가져가겠다는 사람이 나타나서 다행이지 뭐니."

시온은 제 키만 한 거울을 빤히 쳐다보았다. 테두리에 꽃 조각이 새겨신 화려한 선신서울이있다. 어쩐지 거울 속 자신의 얼굴이 시무룩해 보여 시온은 저도 모르게 눈을 돌리고 말았다.

피망이세요?

"그럼 잘 부탁한다."

아줌마는 그 말만 남겨놓고는 쌩하니 차를 타고 사라졌다. 시온은 공원 입구에 전신거울과 함께 우두커니 버려졌다. 여고생과 꽃무늬 전신거울, 그 괴상한 조합에 지나가는 사람들이 너도나도 호기심 어린 시선을 던졌다. 괜스레 얼굴이 뜨거워졌다.

"괜히 도와드린다고 했나? 그나저나 약속 시간 다 됐는데 왜 이렇게 안 와? 부끄러워 죽겠는데."

시온은 힐끔거리며 주위를 둘러보았다. 어디서 노랫소리가 들린다 했더니, 한 남자가 버스킹을 하는 중이었다. 남들의 관심을 받으려고 길거리에서 노래한다는 게 시온으로서는 이해할 수 없기도 하고, 대단하다 싶기도 했다.

"피망이세요?"

그때, 등 뒤에서 무뚝뚝한 목소리가 들렸다.

'피망? 공원에서 누가 피망을 찾지? 채소 장수라도 왔나?'

시온은 그 자리에 서서 주변을 둘러보았다. 아무리 채소 장수라도 지금의 자신보다 눈에 띄지는 않을 거라고 생각하며.

"피망이세요?"

똑같은 목소리가 또 한 번 뒤통수를 때렸다. 목소리는 바로 지척에서 들렸다. 저에게 하는 말이 분명했다.

"예? 피망이요? 잘못…… 어?"

무심코 고개를 돌리던 시온이 두 눈을 동그랗게 떴다. 반가운 표정의 시온과 달리 남자아이는 상대가 누구인지 전혀 모르는 듯 심드렁한 표정을 짓고 있었다.

남자아이의 미심쩍은 목소리가 다시 시온을 향했다.

"피망마켓에서 전신거울 무료로 준다고 글 올리셨던 분 아니세요?"

시온이 가져온 전신거울을 힐끔 쳐다보는 남자아이의 얼굴에 '맞는 것 같은데'라는 말이 쓰여 있는 듯했다.

"아아, 그 피망?"

시온은 그제야 남자아이가 피망이냐고 물었던 이유를 알아차렸다. 뒤늦게 우리나라 최대 중고마켓 앱 이름이 '피망마켓'이었던 게 기억났다.

"백준서 맞지?"

"……나 알아?"

시온의 입에서 불쑥 튀어나온 이름에 남자아이가 의아한 표정을 지었다. 시온은 대수롭지 않게 고개를 끄덕이며 대답했다.

"나 너랑 같은 반이야. 너 어제 전학 왔잖아."

"……이름이?"

준서가 머리를 긁적였다. 전학 온 지 하루 만에 반 아이들 이름을 모두 외울 수는 없겠지만 그는 시온이 같은 반이라는 사실조차 모르고 있었다. 그러나 딱히 미안해하는 얼굴은 아니었다.

"이시온."

"이게 피망에 올린 그 거울이야?"

정작 이름을 물은 준서는 시온에겐 관심 없다는 표정으로 등 뒤의 거울만 빤히 쳐다보았다. 꽃무늬 거울과 준서가 어울리는 것 같기도 하고 어울리지 않는 것 같기도 하다는 생각을 하느라 시온은 한 박자 늦게 고개를 끄덕였다.

"내 건 아니고, 가영이. 아, 가영이도 우리 반인데 일주일째 결석 중이라 아마 넌 못 봤을 거야. 가영이 엄마가 약속이 있다고 대신 좀 전해 달라고 하셔서. 무료로 가져가는 거 맞지?"

"이건 그냥 거울이잖아."

꼼꼼하게 거울을 살피던 준서가 대뜸 눈살을 찌푸렸다. 시온은 당황한 얼굴로 준서와 거울을 번갈아 쳐다보았다.

"거울 받으러 나온 거 아니야? 아줌마가 분명히 이거라고 말씀

하셨는데?"

"이런, 너무 늦었나. 벌써 옮겨 갔으면 안 되는데. 일이 더 골치 아파졌네."

혼잣말을 중얼거리던 준서가 머리를 벅벅 긁으며 시온에게 물었다.

"거울 주인은 어디 있어?"

"가영이?"

"이름은 필요 없고, 거울 주인이 어디 있냐고."

준서의 거친 말투에 시온은 저도 모르게 불쾌한 표정을 짓고 말았다. 전학생이라 친절하게 대해 줬더니 자꾸만 기어오르는 게 마음에 들지 않았다.

'저걸 확 쥐어박아?'

주먹을 쥐었다 폈다 하며 눈을 흘기던 시온이 푹 하고 체념의 한숨을 쉬었다. 밀가루처럼 하얀 준서의 얼굴을 보니 힘도 못 쓸 것 같았다.

'똥이 무서워서 피하나, 더러워서 피하지.'

불퉁한 혼잣말을 속으로 중얼거린 시온이 퉁명스러운 말투로 대꾸했다.

"아까 말했다시피 가영이는 일주일째 결석 중이야."

"이디 아파?"

"아픈 건 아닌데…… 뭐, 여러 가지 사정이 있어."

낯선 전학생에게 가영이에 대해 시시콜콜 떠들어대는 것도 내키지 않아 시온은 대충 말끝을 흐렸다.

"걔 집이 어디야?"

"응?"

"넌 꼭 두 번씩 말하게 하는구나. 이 거울 주인, 가영인가 뭔가 하는 애 집이 어디냐고."

이쯤 되자 시온의 목소리에도 살짝 날이 섰다.

"어차피 지금 가 봤자 가영이는 못 만날걸? 아침부터 외출했대. 나도 가영이를 만나러 갔다가 허탕 치고 돌아오는 길이거든. 그나저나 거울을 무료로 주면서 이렇게 싫은 소리를 들을 줄 알았다면 심부름 같은 건 하는 게 아니었는데 말이야."

"걔 어디 갔는지 몰라?"

준서는 시온의 가시 돋친 말에 개의치 않고 "곤란하게 됐네"라며 혀를 찼다. 무엇이 곤란하다는 것일까, 고개를 갸웃거리던 시온이 마침내 도달한 결론에 아, 하는 탄성을 터뜨렸다.

"혹시 혼자 들고 가는 게 힘들어서 그런 거라면 내가 도와줄 수도……."

"걔가 어딜 갔을 것 같아?"

"응?"

"그러니까 두 번 말하게 하지 말라니까."

"몰라."

쳇, 낮게 혀를 찬 준서가 시큰둥한 얼굴로 등을 돌렸다. 멀어지는 준서와 우두커니 서 있는 전신거울을 번갈아 바라보던 시온이 두 눈을 동그랗게 떴다.

"야, 백준서! 너 어디 가는 거야? 이 거울은 어쩌고?"

시온의 외침을 들었을 텐데도 준서는 걸음을 멈추지 않았다.

"엥?"

시온이 당혹스러운 표정을 지었다.

'보자 보자 하니까 사람을 보자기로 아나!'

"야, 백준서! 거기 서라니까! 야! 내 말 안 들려? 거울 가져가야지!"

시온은 제 키만 한 전신거울을 들고 낑낑거리며 준서의 뒤를 쫓아갔다. 지나가는 사람들이 그런 준서와 시온을 한 번씩 돌아봤다. 그러곤 킥킥거리는 웃음을 터뜨렸다. 시온의 얼굴이 발갛게 달아올랐다.

삐질삐질, 이마에 땀이 배어 나왔다. 팔이 끊어져 나갈 것 같았다. 시온은 뚜벅뚜벅 걸어가는 준서의 뒷모습을 노려보며 속으로 악담을 퍼부었다.

'두고 보자. 앞으로 학교생활이 고달파지게 해 줄 테니까! 나를 건드린 걸 후회하게 될 거다, 백준서!'

테두리가 나무로 된 거울은 마지 바윗덩어리 같았다. 준서는 시온을 도와줄 마음이 눈곱만큼도 없었고, 시온은 애물단지 같은 거울을 길 한가운데 버리고 갈 수 없었다. 그래서 울며 겨자 먹기로 준서의 뒤를 졸졸 쫓아가는 중이었다.

"야, 백준서! 나 진짜 힘들다니까! 쓰러질 것 같아!"

왈칵, 소리를 지르며 시온은 오래된 아파트 앞을 지나고 있었다. 15층짜리 아파트는 시온이 태어나기도 전부터 그 자리에 있었다. 천막으로 만든 재활용 분리수거장을 보는 시온의 눈동자가 마구 흔들렸다.

'차라리 저기에 버리고 갈까? 아줌마도 필요 없다고 하셨고 준서도 필요 없는 것 같은데.'

시온이 무거운 걸음을 멈추고 진지하게 고민할 때였다. 시온의 곁을 지나가던 젊은 여자 두 명이 갑자기 "꺅!" 하고 비명을 질렀다. 시온의 어깨가 움찔 떨렸다.

"저게 뭐야? 사람 아니야?"

"아니, 사람이 왜 저기……."

두 사람은 동시에 그 이유를 깨달은 듯 표정이 사라진 얼굴로 서로를 바라보았다.

시온이 그들의 시선을 쫓아 고개를 젖혔다. 아파트 옥상에 누군가 서 있었다. 당장이라도 떨어질 듯 위태롭게. 빨리 119에 신고하라는 여자들의 목소리가 귓속을 파고든 순간, 시온의 눈이 더 이상 커질 수 없을 만큼 커졌다.

"가영아!"

시온이 새파랗게 질린 얼굴로 소리를 질렀다. 사람들의 시선이 제게 꽂히는 게 느껴졌지만, 거기까지 신경 쓸 겨를이 없었다. 온몸의 피가 차갑게 식는 기분이었다.

쨍그랑!

머리보다 몸이 먼저 움직였다. 시온은 들고 있던 거울을 내팽개치고 곧장 아파트를 향해 뛰어갔다. 다리가 후들후들 떨렸다. 심장이 쿵쿵, 빠르게 요동쳤다. 순식간에 눈앞이 뿌옇게 흐려졌다. 잘못 볼 수가 없었다. 가영이 입고 있는 옷은 시온이 생일선물로 사 준 티셔츠였기 때문이다.

'가영이가 왜?'

가장 먼저 떠오른 물음은 그것이었다. 엘리베이터 앞에 도착한 시온이 마른침을 삼키며 팔을 뻗었다. 몸이 덜덜 떨려 몇 번이나 헛손질을 했다. 한시가 급한데 마음대로 움직이지 않는 몸 때문에 짜증이 났다.

"제발 좀!"

시온이 울음을 삼키며 다시 엘리베이터 버튼을 누르려던 그때.

"아까 걔가 가영이야? 거울 주인?"

옆에서 불쑥 튀어나온 손가락이 대신 엘리베이터 버튼을 눌렀다. 6층에 멈춰 있던 엘리베이터가 한 층씩 내려왔다. 그제야 시온은 고개를 놀려 옆에 서 있는 준서를 바라봤다.

"응."

목소리에 울음이 섞였다. 문이 열리고 두 사람은 곧장 엘리베이터에 올라탔다. 15층까지 가는 몇십 초의 순간이 영원처럼 느껴졌다. 시온은 달팽이보다 느리게 움직이는 엘리베이터 안에서 저도 모르게 발을 동동 굴렀다.

마침내 엘리베이디가 15층에서 멈췄다. 문이 열리자마자 뛰쳐나간 시온이 계단을 두세 개씩 뛰어오르며 옥상의 문을 열었다.

"가영아!"

시온의 부름에 난간 위에 서 있던 가영이 천천히 뒤를 돌아봤다. 작은 움직임에도 가영이 아래로 떨어질까 싶어 심장이 내려앉았다. 무서웠다. 화가 났다. 자꾸만 눈물이 비어져 나왔다.

그런데 그 순간.

"어?"

시온은 저도 모르게 눈살을 찌푸렸다. 가영의 몸 안에서 꾸물거리는 검은 그림자가 보였던 탓이다.

시온은 방금 자신이 본 것을 모른 척하며 침착하게 말했다.

"가영아, 일단 내려와. 내려와서 이야기하자. 응?"

"싫어!"

하지만 돌아오는 것은 매몰찬 거절이었다. 가영은 잔뜩 화가 난 얼굴로 거친 숨을 내뿜었다. 시온은 가영을 자극하지 않으려 조심하며, 한 발씩 느리게 다가갔다.

"도대체 무슨 일인데 그래? 응? 나한테 말해 봐, 가영아. 내가 다

들어 줄게. 나야, 시온이. 네 제일 친한 친구."

"이런 얼굴로 살 바에야 차라리 죽는 게 나아!"

"네 얼굴이 어디가 어때서?"

버럭 고함을 지르는 가영과 달리 시온의 목소리는 바짝 당겨진 현처럼 바르르 떨렸다. 심장은 바람 빠진 풍선처럼 납작하게 쪼그라들었다.

가영의 성난 목소리가 옥상의 공기를 뒤흔들었다.

"내가 지나가면 다들 내 얼굴을 비웃는단 말이야! 내가 모를 줄 알아? 너도 속으로는 내가 못생겼다고 생각하잖아!"

"아니야, 가영아. 난 한 번도 그렇게 생각한 적……."

"거짓말하지 마!"

가영이 빽 하고 고함을 질렀다. 가영의 잇새에서 거친 숨이 쏟아져 나왔다. 그 바람에 가영의 몸이 기우뚱, 균형을 잃었다.

"가영아!"

시온은 새하얗게 질린 얼굴로 가영의 이름을 불렀다. 손이 덜덜 떨렸다. 당장이라도 바닥에 주저앉아 울음을 터뜨리고 싶었다. 왜 이런 일이 벌어졌는지 알 수 없었다. 누군가를 원망하고 싶기도 했고, 누군가에게 도움을 청하고 싶기도 했다.

그러나 이곳에는 시온을 도와줄 사람이 아무도 없었다. 가영이를 구할 수 있는 사람은 오직 자신뿐이었다. 시온은 떨리는 손을 숨기려 주먹을 말아 쥐었다.

"알았어. 네 말 무슨 뜻인지 알겠다고. 네 얼굴이 마음에 안 든다는 거지? 그럼 나랑 같이 성형외과에 가자. 죽기는 왜 죽어? 마음에 안 들면 고치면 되지. 요즘 세상이 어떤 세상인데. 그 정도는 일도 아니야."

그 말에 가영의 얼굴이 한층 더 침울한 빛을 띠었다.

"방금 성형외과에 갔다 오는 길이야. 의사 선생님이 내 얼굴은 가망이 없대."

"그게 무슨 말이야?"

"상담조차 해 주지 않는다고. 그건 상담할 가치도 없다는 뜻 아니야? 병원에서도 어떻게 할 수 없다는 뜻 아니냐고!"

"아니야. 그런 게 아니야, 가영아. 분명 보호자가 없어서 그랬을 거야."

가영의 얼굴 위에 어른거리는 그림자가 점점 더 덩치를 키웠다. 그 모습을 지켜보던 시온이 "윽" 하고 나직한 신음을 흘렸다. 불길한 예감을 떨칠 수가 없었다. 다른 사람의 눈에는 보이지 않는 것, 그것이 조금씩 가영을 집어삼키고 있었다. 머지않아 가영이 아예 없어질 것 같아 시온의 심장이 불안하게 날뛰었다.

"나도 이제 지쳐. 사람들이 비웃는 거 알면서도 모르는 척하는 거, 매일같이 거울 보면서 한숨만 쉬는 거, 자신감 없이 땅만 보며 걷는 거, 모두 지친단 말이야! 외모가 전부는 아니라고 하지만 다들 예쁜 게 좋잖아! 내가 짝사랑했던 애도 결국은 다른 애랑 사귀는걸! 엄마 아빠는 병원 일에 바빠서 내 얘기는 들어 주지도 않고!"

"짝사랑? 병원 일?"

시온이 미심쩍은 표정으로 되물었다. 가영의 아버지는 회사원이고, 어머니는 보험 설계사다. 시온의 의혹이 깊어지려는 찰나.

"꺄악!"

가영이 날카로운 비명을 지르며 아래로 떨어졌다. 시온이 두 눈을 부릅뜨며 가영을 향해 손을 뻗었다. 시온의 얼굴이 하얗게 질리고, 입에서는 겁에 질린 외침이 터져 나왔다.

"가영아!"

옥상에는 짧은 침묵이 흘렀다. 숨이 막힐 것처럼 무거운 적막이었다. 그와 동시에 시온의 다리에서 힘이 쭉 풀렸다. 시온은 후들거리는 몸을 바로 세우고 옥상 바닥에 엎어진 가영을 내려다보았다. 준서가 가영과 함께 바닥에 쓰러져 있었다.

두 사람이 격렬하게 대화를 나누는 사이, 몰래 가영의 옆으로 다가간 준서가 가영을 향해 몸을 날렸던 것이다.

"가영아, 괜찮아?"

시온이 떨리는 숨을 가다듬으며 가영의 곁으로 걸어갔다. 벌떡 일어난 준서가 황급히 자신의 가방을 뒤졌다. 다음 순간, 시온의 눈이 동그래졌다. 준서는 어느새 커다란 활을 들고 있었다.

"그렇게 큰 활이 어디서…… 아니, 그보다…… 활은 왜?"

망연한 혼잣말을 중얼거리는 시온의 얼굴이 이윽고 경악으로 뒤덮였다. 시온의 잇새에서 찢어질 듯한 비명이 터져 나왔다.

"백준서, 너 지금 뭐 하는 거야!"

준서가 가영을 향해 활을 겨누었다. 날카로운 화살촉이 햇빛에 반사되어 반짝하고 빛났다. 팔뚝에 소름이 돋을 만큼 서늘한 기운이 느껴졌다. 퍼뜩 정신을 차린 시온이 양팔을 쫙 펼치고 가영의 앞을 막아섰다. 부릅뜬 눈동자가 준서를 노려보았다.

준서 역시 지지 않고, 못마땅한 표정을 지었다.

"비켜."

"못 비켜."

"비키라고."

"못 비킨다고."

시온의 단호한 태도에 준서가 짜증스러운 한숨을 뱉었다. 준서의 잇새로 오만한 목소리가 흘러나왔다.

"넌 안 보이겠지만 저 아이는 지금 원귀에 홀린 상태야. 내 말을 믿든 믿지 않든 그건 네 자유지만 쟤는 지금 네가 알던……."

"보여."

"……뭐?"

시온이 준서의 말을 싹둑 잘랐다. 무슨 말을 들었는지 이해하지 못한 듯 느리게 눈을 깜빡이던 준서가 멍하니 되물었다. 시온이 그런 준서를 마주 보며 당당하게 대꾸했다.

"가영이 안에 꾸물거리는 검은 그림자, 내 눈에도 똑똑히 보인다고."

조금 전 가영이 했던 말이 떠올랐다. 짝사랑하는 남자아이, 병원 일로 바쁜 부모님. 그건 가영의 얘기가 아니었다. 가영을 집어삼킨 검은 그림자의 얘기였다. 이제야 아귀가 맞았다.

"어? 그럴 리가 없는데……."

늘 심드렁하던 준서의 얼굴에 처음으로 당혹스러운 빛이 스치고 지나갔다. 시온을 빤히 쳐다보던 준서가 의심스러운 목소리로 재차 확인했다.

"그러니까 저게…… 보인다고?"

"보여. 지금 가영이의 얼굴을 감싸고 있잖아."

"그런데 왜 안 비켜 주는데?"

"그걸로 가영이를 쏠 셈이야?"

시온의 말에 준서는 당연한 걸 묻는다는 듯이 당당한 표정을 지었다. 준서가 손에 든 활을 살짝 흔들었다.

"이건 원귀를 잡는 활이야. 나는 저것들을 원래 있어야 할 곳으로 돌려보낼 의무가 있다고."

"그럼 가영이는 무사해?"

"응?"

"화살에 맞은 가영이는 무사하냐고."

그제야 준서가 슬그머니 시선을 피했다.

"글쎄. 보통 원귀들은 물건에 씌어 있어서 나도 사람을 쐬 본 적은 없어."

"거봐."

시온이 그럴 줄 알았다는 듯 큰 눈을 한층 더 사납게 치떴다. 원망스러운 시선이 준서를 노려보았다.

"그러다 만에 하나 가영이가 잘못되기라도 하면 어떡해?"

"저걸 그냥 놔두는 쪽이 더 잘못될 것 같은데. 일단 화살을 쐬보면 알 거 아냐. 저 아이가 괜찮을지, 안 괜찮을지."

"말도 안 돼! 그러다 안 괜찮으면?"

"그야 내가 알 바는 아니고. 어차피 원귀에 씐 사람은 죽게 되어 있어. 너도 봤잖아, 쟤가 옥상에서 뛰어내리려고 한 거. 원귀는 살아 있는 사람을 반드시 죽음으로 이끈다고. 이렇게 죽으나, 저렇게 죽으나 똑같잖아."

그 말에 시온의 검은 눈동자가 분노에 휩싸였다. 그러다 등 뒤에 있는 사람이 가영이라는 걸 떠올리곤 입술을 앙다물었다.

"나는 가영이 목숨을 가지고 도박할 생각은 없어. 그보다 원귀를 몸 밖으로 쫓아낸 다음에 화살을 날리면 되잖아."

"나한테 원귀를 몸 밖으로 끌어내는 재주 같은 건 없어."

준서의 무책임한 발언에 시온의 눈매가 한층 더 험악해졌다. 준서가 "빨리 비키라니까"라며 시온을 닦달했지만, 시온은 그 자리에서 꼼짝도 하지 않았다.

두 사람의 팽팽한 대치가 이어지던 그때.

"으아아악! 감히 나를, 너희가 나를!"

벌떡, 몸을 일으킨 가영이 시온에게 달려들었다. 순식간에 일어난 일이었다. 가영의 얼굴이 무섭게 일그러지더니, 억센 두 손이 시온의 목을 조르기 시작했다. 가영의 얼굴을 뒤덮은 검은 그림자가 조금씩 형체를 바꾸다가 마침내 잔뜩 화가 난 또래 여자아이의 얼굴로 변했다. 그것은 더 이상 가영이 아니었다.

"감히 나를 방해해!"

목을 조르는 힘이 점점 더 강해졌다.

"큭, 으윽."

시온의 입에서 고통스러운 신음이 흘러나왔다. 숨이 제대로 쉬어지지 않았다. 시온은 가영의 손을 떼어내려고 발버둥 쳤지만, 억센 손아귀는 꿈쩍도 하지 않았다.

그 모습을 지켜보던 준서가 얄밉게 이죽거렸다.

"거봐. 그래서 내가 빨리 처리하자고 했는데."

'사람이 죽어 가는데 밉살맞게 핀잔이나 던지고 있다니! 내가 살아나면 두고 보자! 두 배로 갚아 줄 테니까!'

컥컥, 밭은 숨을 내뱉던 시온이 고개를 돌려 가영을 쳐다보았다. 그러나 그곳에 있는 것은 가영이 아니었다. 고통스러운 표정을 짓고 있는 원귀였다.

"네가 뭘 알아! 네가 내 마음을 어떻게 아느냐고!"

시온은 처음으로 그 얼굴을 마주 보았다. 늘 눈이 마주치기 전에 고개를 돌려 피했던 검은 그림자는 시온과 다를 바 없는 평범한 사람의 얼굴을 하고 있었다. 눈 두 개, 코 하나, 입 하나의 교복을 입은 여자아이. 그 사실이 몹시 충격적으로 다가왔다.

어릴 적부터 시온은 남들이 보지 못하는 것을 보았다. 그게 이상하다는 걸 몰랐을 때는 제 눈에 보이는 것들을 곧이곧대로 떠들어대곤 했다. 그 때문에 친구들에게 거짓말쟁이로 찍혀 왕따를 당하기도 했다. 아이들은 시온을 없는 사람처럼 취급했고, 시온에게 말을 걸지 않았다.

그때 시온의 곁을 지켜 준 유일한 친구가 가영이었다. 가영은 거짓말 균이 옮는다며 시온과 놀지 말라는 아이들의 협박에도 묵묵히 시온의 옆에 있어 주었다. 같이 등교를 하고, 같이 밥을 먹으며, 같이 화장실에 갔다. 가영이 아니었다면 시온은 그 끔찍한 시간을 이겨 낼 수 없었을 것이다.

그 후, 조금씩 나이를 먹으며 시온은 남들과 다른 자신을 적당히 숨길 줄 알게 되었다. 보이는 걸 보이지 않는 척, 들리는 걸 들리지 않는 척 거짓으로 둘러대는 데 능숙해졌다. 덕분에 지금은 평범한 학생인 척 살아갈 수 있게 됐다.

그러니까 가영은 시온에게 있어 그냥 친한 친구 정도가 아니었다. 은인이었고, 위로였고, 안식처였다. 어릴 적에는 가영이 시온을 지켰다면, 이제는 시온이 가영을 지킬 차례였다. 시온은 무슨 일이 있어도 가영을 포기하지 않겠다고 생각하며 이를 악물었다.

"가, 영아⋯⋯."

시온이 본능적으로 가영의 양 손목을 움켜쥐었다. 점점 눈앞이 점점 흐려졌다. 몸에서 서서히 힘이 빠지는 게 느껴졌다. 그 순간.

어?

흥분한 원귀의 얼굴이 가영에게서 살짝 삐져나와 있는 게 보였다. 시온은 무의식적으로 손을 뻗었다. 오른손을 가영과 원귀의 틈 사이에 쑥 집어넣었다. 그러자 원귀의 목덜미가 잡혔다. 마치 맨손으로 얼음을 쥔 듯, 오싹한 한기가 척추를 타고 흘러내렸다. 등골이 식으며 소름이 돋았다.

그걸 잡을 수 있을 거라고는 생각해 보지 않았다. 그런데 원귀가 실체를 가진 사물처럼 손끝에 만져졌다. 그것들이 보이고, 들리는 것처럼 선명하게 잡혔다.

어쩌면.

문득, 그런 생각이 들었다. 어쩌면 원귀를 떼어 낼 수 있지 않을까, 하는 생각.

"으으윽!"

시온은 어금니를 꽉 깨물며 젖 먹던 힘을 다해 원귀를 잡아당겼나.

"어? 어어, 꺄아아악!"

가영의 몸 안에 들어있던 원귀가 깜짝 놀라며 새된 비명을 질렀다. 끼기긱, 마치 날카로운 쇠붙이가 부딪히는 듯한 마찰음이 나며 가영의 몸에서 원귀가 조금씩 빠져나오기 시작했다.

"안 돼! 그러지 마! 하지 마, 제발 나를 놓아줘!"

원귀가 절박한 표정으로 애원했다. 시온은 원귀의 뒷덜미를 움켜쥔 채 준서를 돌아보았다. 준서가 멍한 얼굴로 "말도 안 돼"라고 중얼거렸다.

"뭐 하는 거야! 백준서, 빨리!"

시온이 아득바득 소리쳤다. 목이 졸렸던 탓에 듣기 싫은 쇳소리가 튀어나왔다. 시온의 손에 잡힌 원귀가 도망가려고 발버둥을 쳤다. 원귀를 붙든 손에서 점점 힘이 빠졌다. 이대로는 원귀를 놓칠 것만 같았다.

"더 이상은 못 버텨!"

"자, 잠깐만 기다려!"

퍼뜩 정신을 차린 준서가 다급하게 활시위를 당겼다. 시위가 팽팽해졌다. 다음 순간.

핑!

화살이 시위를 떠났다. 포물선을 그리며 날아간 화살은 그대로 원귀의 심장을 꿰뚫었다.

"끄아아악!"

섬뜩한 비명이 마른하늘을 찢을 것처럼 울려 퍼졌다. 그와 동시에 원귀의 몸이 기괴하게 뒤틀렸다. 준서가 서둘러 자신의 가방을 열었다. 어디선가 강한 바람이 몰아치더니 가방 속에서 검은 소용돌이가 나타났다.

"시, 싫어. 제발 나를 도와줘! 끌려가고 싶지 않아!"

원귀는 소용돌이에 끌려가지 않으려는 듯 절박하게 시온의 손을 붙들었다. 방금까지 악을 쓰며 독한 말을 내뱉던 얼굴이 겁에 질렸다.

시온은 저도 모르게 원귀의 손을 마주 잡았다. 이유는 알 수 없었다. 금방이라도 울음을 터뜨릴 것 같은 얼굴을 모른 척할 수 없었기 때문인지, 아니면 그 모습이 원귀가 아니라 평범한 인간처럼 보였기 때문인지.

불현듯, 시온의 시선이 원귀의 가슴을 향했다. 화살이 박힌 교복에는 '박은혜'라고 적힌 명찰이 달려 있었다. 시온이 두려움에 질린 원귀를 바라보며 조용히 입을 열었다.

"은혜야, 넌 지금도 충분히 예뻐."

"무슨 소리야! 너까지 나를 놀리는 거야? 내가 못생긴 건 나도 안다고! 으아아악!"

원귀는 고통에 몸부림치면서도 눈을 부라렸다. 시온의 말이 거짓이라 생각하는지 분통을 터뜨리고 악을 썼다. 시온이 그런 원귀를 보며 부드럽게 입꼬리를 낭섰나.

"아니야, 진짜야. 넌 내가 본 어떤 그림자보다 예뻐. 나 그동안 검은 그림자를 똑바로 쳐다본 적이 한 번도 없었거든. 처음으로 마주 보게 된 얼굴이 너라서 다행이야."

"뭐? 하, 하지만 난 쌍꺼풀도 없고, 눈도 작……."

"아 참, 은혜야, 너 그거 알아? 요즘에는 쌍꺼풀 없는 눈이 대세래. 가영이가 그러는데 아이돌 멤버 중에서도 그런 애들이 가장 인기가 많대. 조만간 너를 좋아하는 애들이 줄을 설걸?"

"……정말? 내가 정말로 예뻐?"

"응. 넌 지금 그대로도 충분히 예뻐."

시온이 웃으며 고개를 끄덕였다. 원귀가 믿기지 않는 말을 들었다는 듯, 두 눈을 동그랗게 떴다. 무슨 말을 할 것처럼 입술을 달싹이던 원귀는 이내 검은 소용돌이에 휩쓸려 흔적도 없이 사라지고 말았다.

옥상은 다시 숨 막힐 듯한 침묵에 휩싸였다. 순식간에 사라진 원귀의 모습에 아직도 현실감이 느껴지지 않았다. 시온은 텅 빈 자신의 손을 내려다보았다. 마치 짧은 꿈을 꾼 것 같았다.

그 순간, 우르르 계단을 올라오는 발소리가 들렸다. 소방관과 구급대원 들이 한꺼번에 옥상으로 들이닥쳤다. 구급대원이 바닥에 쓰러진 가영에게로 달려갔다. 호흡과 맥박을 확인하던 구급대원이 우두커니 서 있는 시온을 돌아보며 물었다.

"환자와 아는 사인가요?"

"예…… 친구예요. 가장 친한 친구요."

"지금 당장 병원으로 이송할 테니 환자 부모님께 연락 부탁해요."

"예……."

시온은 들것에 실려 가는 가영을 보며 온몸의 힘이 빠진 듯 그 자리에 털썩 주저앉고 말았다. 그제야 준서가 생각이 나 주위를 둘러봤지만, 어디에도 준서의 모습은 보이지 않았다.

시온은 마치 귀신에 홀린 것처럼 넋이 나간 얼굴을 했다. 가영이가 살았다는 사실을 깨닫자, 뒤늦게 안도감이 밀려왔다. 참았던 울음이 꾸역꾸역 잇새를 비집고 나왔다.

"으허어엉."

시온은 기어코 고개를 젖히며 울음을 터뜨렸다. 일곱 살 난 아이처럼 몹시 서럽게. 지나가던 구급대원 한 명이 그런 시온의 어깨를 두드렸다.

"고생했어요."

그 한마디에 비로소 모든 것이 끝났다는 실감이 들었다.

전학생의 정체

시온은 온종일 기회를 엿보는 중이었다. 준서에게 물어볼 것이 많은데 도무지 틈이 보이지 않았다. 준서는 쉬는 시간마다 아이들에게 둘러싸여 있었고, 시온은 그 무리를 뚫고 들어갈 용기가 없었다.

아이들의 수다는 끝도 없었다. 동네 맛집부터 SNS에 올리면 인기를 끌 수 있는 카페, 유명한 강사가 있다는 학원까지 다양한 주제가 총망라되었다.

"도대체 쟤네는 저 무뚝뚝한 놈이 뭐가 좋다고 난리인지. 안 그래?"

부루퉁한 눈으로 준서를 쏘아보던 석진이 시샘 섞인 험담을 늘어놓았다. 시온이 마침내 결심한 듯 책상을 쾅 치며 일어났다. 생각보다 큰 소리에 주변 아이들의 시선이 시온에게로 모였다.

"야, 이시온. 왜 그래? 무슨 일이야?"

석진이 의아한 표정으로 물었지만, 짧게 심호흡을 한 시온은 곧장 준서에게로 걸어갔다.

"잠깐 얘기 좀 해."

휙, 휙, 휙.

여기저기서 아이들의 시선이 날아왔다. 석진이 배신감 가득한 눈으로 시온을 노려보았다. 마치 "브루투스 너마저!"라고 외치던 카이사르처럼.

"좋아. 나도 너한테 물어볼 게 있으니까."

준서가 자리에서 일어나 먼저 교실을 나가고 시온이 그런 준서의 뒤를 따라갔다. 숨이 막힐듯한 침묵은 두 사람이 모습을 감추자마자 산산조각이 났다.

"뭐야, 뭐야?"

"이시온이랑 백준서가 친했어?"

"분위기 장난 아니지 않았냐? 나는 이시온이 백준서한테 결투 신청하는 줄 알았는데?"

"그거 알아? 이시온 예전에 태권도랑 유도, 무에타이까지 배웠대. 요즘은 주짓수도 배운대."

"우와, 정말 싸우는 거 아냐? 누가 이길까?"

기세 좋게 복도로 나온 준서가 문득 그 자리에 멈춰 섰다. 그제야 자신이 건물 구조를 모른다는 사실을 떠올린 탓이었다. 시온이 그런 준서의 어깨를 툭툭 치며 "따라와" 하고 앞장섰다.

옥상 아래 층계참에서 걸음을 멈춘 시온은 천천히 등을 돌려 준서를 돌아보았다. 인적이 뚝 끊긴 장소여서 그런지 점심시간의 소란함도 닿지 않는 곳이었다.

시온의 표정은 무어라 설명할 수 없는 복잡한 감정을 담고 있었다.

"어젯밤 내내 잠도 못 자고 생각해 봤는데, 아무래도 이해가 안 가서 말이야. 내가 이해할 수 있게 설명 좀 해 봐."

"뭘?"

"몰라서 물어?"

준서는 성가시다는 표정을 감추지 않은 채 머리를 벅벅 긁었다. 그러다 뻐딱한 시선으로 시온을 쳐다봤다.

"그러는 넌 뭔데?"

"뭐냐니?"

"넌 뭔데 그것들이 보이는 거냐고. 아니, 보이는 건 둘째치고 어떻게 원귀에게 물리력을 행사할 수 있어?"

원귀.

그 의미심장한 단어에 시온은 입을 다물었다. 그러니까 어제 있었던 일은 시온의 꿈도 아니었고, 착각도 아니었다는 말이다.

누구도 먼저 입을 열지 않았다. 시온은 싸늘한 눈으로 준서를 노려보았고, 준서는 마뜩잖은 표정으로 시온을 쏘아보았다. 압박감을 이기지 못하고 먼저 항복한 사람은 의외로 준서였다.

"그래서? 뭐가 그렇게 이해가 안 되는데?"

시온의 목구멍 속에서 수많은 질문이 맴돌았다. 하지만 그중에서도 가장 궁금한 건…….

"넌 도대체 누구야?"

핵심을 찌른 물음에 준서가 대뜸 미간을 일그러뜨렸다. 이맛살을 찌푸린 채 말을 할까 말까, 고민하던 준서가 의외로 순순히 입을 열었다.

"저승사자."

"……뭐?"

그게 무슨 뚱딴지같은 소리냐는 듯 시온이 인상을 찡그렸다. 그러다 이내 두 눈을 사납게 치떴다. 우습지도 않은 농담으로 대충 상황을 무마하려는 준서에게 화가 난 탓이었다. 시온이 무슨 말인가 쏘아붙이려고 입술을 달싹이는 찰나, 준서가 그럴 줄 알았다는 표정으로 비웃음을 흘렸다.

"인간들이 알아듣기 쉽게 말하자면 그렇다는 거지. 정확하게는 저승세계의 9급 공무원이야."

"그게 무슨……."

시온은 혼란스러웠다. 준서의 말은 선뜻 고개를 끄덕일 수 있는 이야기가 아니었다. 하지만 어제 본 광경을 떠올리면 아예 믿지 않을 수도 없었다. 시온이 이러지도 저러지도 못하는 와중, 준서의 입에서는 점점 더 믿기 힘든 이야기가 흘러나왔다.

"어제 가영이가 원귀에게 빙의된 거 봤지?"

"응."

"모든 영혼은 죽으면 저승세계로 가는 것이 순리야. 그런데 간혹 그 순리를 따르지 않는 영혼들이 있어. 갑작스러운 죽음을 받아들이지 못하거나 강력한 감정, 예를 들면 분노나 원한, 후회, 혹은 사랑 같은 것들 때문에 미련이 남아 이곳을 떠나지 못하는 혼 말이야. 처음에는 평범한 영혼일지라도 시간이 지나면서 한 가지 감정이 고이면 결국 원귀가 되는 거야. 길거리에 버려진 음식쓰레기가 썩어서 부패하는 것처럼."

"그러니까 네가 진짜 저승사자라고?"

"아까도 말했다시피 정확하게는 시청청소과 소속 9급 공무원이야. 이승을 떠도는 영혼을 수거하는 게 내 일이지."

"하? 청소과 소속 9급 공무원?"

시온의 반응에 준서가 불쾌한 듯 눈살을 찌푸렸다. 준서의 목소리가 높아졌다.

"하? 너 지금 '하?'라고 했냐? 요즘 세상에 공무원 되는 게 얼마나 힘든 일인지 몰라? 하늘의 별 따기라고. 특히 청소과는 공부만 잘한다고 뽑히는 게 아니야. 체력 테스트도 통과해야 한단 말이야. 내가 몇십 년 공부해서 시험에 붙었는지 알아? 내가 시험 볼 때는 경쟁률이 자그마치 64대 1이었어."

말을 마친 준서가 으스대는 눈으로 시온을 바라봤다. 그 모습이 마치 시온의 반응을 기다리는 것 같았다. 시온이 국어책을 읽듯 딱딱하게 대꾸했다.

"와아, 그것참 대단하네."

"이제라도 알았으니 됐어."

준서는 시온의 빈정거림을 눈치채지 못하고 잘난 척 턱을 치켜들었다. 취업난이 심각한 건 이승이나 저승이나 마찬가지인 모양이었다. 공무원이 되어서 평범하고 무난한 인생을 사는 것이 목표였던 시온은 자신의 꿈이 뿌리째 흔들리는 걸 느꼈다.

고개를 절레절레 저으며 허튼 생각을 떨쳐낸 시온이 침착하게 물었다.

"그럼 넌 인간이 아닌 거야?"

"네 눈에는 내가 아직도 인간으로 보이냐?"

"야! 그게 무슨 공포 영화 대사 같은 말이야?"

시온이 눈살을 찌푸리며 어깨를 부르르 떨었다. 준서가 선심이라도 쓰듯 거만한 표정으로 설명을 늘어놓았다.

"죽어서 저승에 도착하면 네 개의 갈림길을 맞닥뜨리게 돼. 살아 있을 때 행한 일의 선과 악의 경중을 따져서 자신이 가야 할 길을 선택하게 되지. 선한 삶을 살아온 사람은 천국으로, 악한 삶을 살아온 사람은 지옥으로. 문제는 선과 악이 비등비등한 경우야."

축포를 터뜨리며 천국으로 향했을 위대한 인물들의 이름이 떠올랐다. 동시에 누구의 반대도 없이 지옥으로 향했을 끔찍한 범죄자의 이름도 떠올랐다.

하지만 시온을 포함한 대다수의 사람은 비슷한 무게의 선과 악을 쌓으면서 생을 마감할 것이다. 누군가에게는 선의를 베풀고, 누군가에게는 상처를 주면서 마냥 선하지도, 또 마냥 악하지도 않게. 시온의 귀가 쫑긋거렸다.

"그럼 어떻게 되는데?"

시온이 사뭇 진지한 얼굴로 물었다.

"환생해서 다시 선한 인생을 살 기회를 얻거나 저승세계에서 일하는 공무원이 되는 길을 택할 수 있지. 공무원으로 오래 일하면 노후는 천국에서 보낼 수 있는 특혜가 주어지거든."

"그럼 넌 환생 대신 공무원이 되는 길을 택한 거야?"

"그래, 맞아."

"그런데 왜 우리 학교로 전학을 온 거야? 그것도 네 일이랑 관련 있어?"

"몰라?"

그 말에 준서가 두 눈을 가늘게 뜨며 시온을 응시했다. 마치 사기꾼을 보는 듯한 미심쩍은 시선에 시온이 저도 모르게 "뭘?" 하고 되물었다.

"너도 보인다며?"

"그런데?"

"얼마 전부터 이 학교에 원귀가 부쩍 많아졌잖아. 그래서 무슨 일인지 확인하려고 왔어."

"아아, 어쩐지. 고등학생이 되고부터 더 많이 보인다 했더니, 그게 기운이 허해져서 그런 게 아니라 정말로 원귀가 많아져서 그런 거구나."

"내 목표는 빨리 실적을 쌓아서 올해 안에 8급으로 승진하는 거야. 호랑이를 잡으려면 호랑이굴에 들어가야 하는 것처럼 8급 공무원으로 승진하려면 당연히 원귀가 많은 곳으로 와야 하지 않겠냐?"

시온은 준서의 얼굴을 빤히 쳐다보았다. 어디로 보나 저와 같은 나이로 보이는 준서가 공무원이니 승진이니 하는 말을 할 때마다 기묘한 느낌이 들었다. 몇 살인지 물어보고 싶어 입이 간지러웠지만, 물어봤다가 괜히 어른 대접을 해야 할까 봐 참았다.

대신 시온의 잇새를 뚫고 나온 것은 다른 물음이었다.

"그것…… 그러니까 원귀를 잡을 때는 항상 화살을 쏴? 어제처럼?"

"청소과에 배치되면 각자 원하는 무기를 고를 수 있어. 칼이나 창, 총, 밧줄 등 다양한 무기가 있는데 자신에게 가장 잘 맞는 걸 고르면 돼. 어떤 저승사자는 치고받는 걸 좋아해서 무기 없이 맨손으로 제압하기도 하는데, 나는 그냥 멀리서 끝내는 게 좋아서 말이야. 솔직히 원귀랑 엮여 봤자 좋은 일도 없고."

"어제 분명 가방 안에서 활을 꺼냈지? 그 큰 활이 어떻게 가방에 들어가?"

"어차피 넌 설명해도 몰라. 그냥 차원의 문이라고만 알아 둬."

"그럼 화살통은 왜 들고 다니는 거야? 화살도 그 차원의 문에 넣어두면 되잖아."

"멋있잖아."

준서의 뻔뻔한 대답에 시온은 처음으로 할 말을 잃었다. 어이가 없는 표정으로 입을 쩍 벌린 시온이 퉁명스럽게 쏘아붙였다.

"하나도 안 멋있거든?"

"다른 애들은 다 멋있다고 난리던데?"

으으, 시온의 잇새에서 앓는 소리가 새어 나왔다. 저 표정은 자신이 잘생긴 걸 알고 있는 얼굴이었다. 잘생긴 애가 잘생긴 척을 하자 묘하게 재수가 없었다.

"됐어. 말을 말자. 그나저나 피망마켓은 또 뭐야? 왜 가영이 거울을 받으려고 한 거야? 그것도 무슨 상관이 있는 거지?"

준서가 주머니에 손을 찔러 넣으며 고개를 끄덕였다.

"원귀가 사람에게 빙의되는 건 그리 흔한 일이 아니야. 의지를 가진 인간의 몸을 장악하려면 커다란 힘이 필요하거든. 그렇다보니 보통은 오래된 물건이나 자연물에 빙의하지. 너도 그런 옛날 이야기 들어 본 적 있을 텐데? 빗자루나 나무에 깃든 귀신 이야기

같은 거."

"아아. 들어 본 적 있어."

어디서 들어 봤는지는 기억나지 않았다. 그건 전래동화처럼 누구나 알고 있는 이야기였기 때문이다.

"그래서 평소에 피망마켓을 유심히 살펴봐. 간혹 원귀가 깃든 물건을 올리는 사람이 있거든. 세상이 변하는 속도에 맞춰서 우리 같은 저승사자도 스마트해져야 한다고. 안 그러면 시대에 뒤처지고 말거든."

"으아아아!"

시온이 기어코 머리를 쥐어뜯으며 그 자리에 풀썩 주저앉았다. 모든 게 혼란스러웠다. 저승세계는 뭐고, 청소과 공무원은 무엇이며, 피망마켓 속 원귀는 또 뭐란 말인가. 갑자기 머릿속으로 낯선 정보들이 밀물처럼 쏟아져 들어오자 도무지 정신을 차릴 수가 없었다.

못마땅한 표정으로 시온이 하는 양을 지켜보던 준서가 입을 열었다.

"이제 충분히 이해했어? 그럼 이번에는 내가 질문할 차례지?"

시온은 여전히 정신을 차리지 못하고 끙끙거렸지만, 준서는 사정을 봐주지 않았다. 준서의 목소리가 의미심장한 빛을 띠었다.

"그러는 너는 정체가 뭐야? 뭔데 원귀가 보인다는 거야? 게다가 나는 지금까지 인간이 원귀의 멱살을 쥐고 흔든다는 이야기는 들도 보도 못했다고. 인간의 몸에서 원귀를 끄집어냈다는 이야기는 더더욱.”

그 말에 시온이 천천히 고개를 들었다. 동그란 눈동자에 알 수 없는 감정들이 스치고 지나갔다. 그것은 두려움처럼 보이기도 했고, 혹은 후회처럼 보이기도 했으며, 한편으론 슬픔처럼 보이기도 했다.

시온이 한풀 꺾인 목소리로 대답했다.

“모르겠어. 어릴 때부터 그냥 그것들이 보였어. 때로는 검은 그림자 같기도 하고, 때로는 사람처럼 선명하기도 하고. 그런데 내가 본 걸 말할 때마다 난 거짓말쟁이가 되어야 했지. 사람들의 관심을 받기 위해 거짓말을 지어내는 영악한 아이 말이야. 사람들은 자기가 보지 못하는 건 믿지 않으니까.”

준서는 아무 말도 하지 않았다. 동정 어린 시선을 보내지도 않았다. 시온은 딱 그 정도의 거리감이 좋았다. 준서는 자신을 불쌍하게 여기지 않았고, 그래서 두 사람은 대등했다. 그리고 모든 관계는 거기서부터 출발한다.

“그래서 지금은 그냥 아무것도 안 보이는 척 지내고 있어. 그런데 어제 그 사건이 일어난 거지. 가영이는 내가 아이들에게 따돌림을 당할 때 묵묵히 곁을 지켜 준 친구야. 그 순간까지 그것들을 못 본 척할 수는 없잖아.”

“원귀의 뒷덜미를 잡은 건?”

"실은 나도 만져 본 건 처음이야. 아니, 얼굴을 그렇게까지 자세히 본 것도 처음이라고 해야 하나? 지금까지는 도망치기 바빴거든. 단 한 번도 그걸 제대로 마주한 적이 없었어."

문득, 이상한 기분이 들었다. 아무도 모르는 세상을 보는 시온 앞에 준서가 나타났다. 시온과 똑같은 세상을 보는 준서가. 그건 시온이 처음 느끼는 동질감이었다.

그때, 5교시 수업을 알리는 종이 울렸다. 준서와 시온은 각자의 생각에 잠긴 채 교실로 돌아갔다. 나란히 들어오는 두 사람에게 반 아이들의 호기심 어린 눈초리가 쏟아졌지만, 둘 중 누구도 거기까지 신경 쓸 겨를이 없었다.

운동화에
깃든 비밀

"그러니까 아무 기억도 안 난다고? 정말로?"

"응, 시온아. 나도 내가 왜 그랬는지 모르겠어. 공부 스트레스 때문에 잠깐 정신이 나갔던 걸까? 나도 이제 고등학생이잖아."

"누가? 시험 기간에도 책 한 번 안 펴는 가영이 네가? 공부 스트레스?"

"에헤헤. 역시 그건 아닌가?"

시온의 뜨악한 표정에 가영이 머리를 긁적이며 머쓱한 웃음을 흘렸다. 큰일을 당하고도 웃음이 나온다는 게 대단했다. 시온은 가영의 무던함이 새삼 부러웠다.

"엄마가 어찌나 우는지 손이 발이 되도록 비느라 죽는 줄 알았어. 갑자기 성형수술을 시켜 주겠다지 뭐야? 내 얼굴이 어디가 어떻다고?"

"죽는다는 말 함부로 하지 마. 나야말로 진짜 간이 떨어지는 줄 알았단 말이야."

"아차."

슬그머니 시온의 눈치를 살핀 가영이 이내 헤헤헤 웃으며 다정하게 시온의 팔짱을 꼈다.

"그날 네가 옥상에 올라간 나를 끌어내렸다며? 기억은 안 나지만 고마워. 역시 너밖에 없어, 시온아."

가영의 감격 어린 인사에 시온은 저도 모르게 준서를 힐긋거렸다. 준서는 오늘도 여자아이들에게 둘러싸여 있었다. 시온의 시선을 따라 고개를 돌리던 가영이 "쟤 전학생이라며?"하고 작게 귓속말을 속삭였다.

시온이 떨떠름한 얼굴로 고개를 끄덕일 때였다.

"야, 박성훈."

주머니에 손을 찔러 넣은 윤재가 성훈의 책상을 발로 찼다. 왁자지껄하던 교실이 순식간에 조용해졌다. 교실 뒤를 뛰어다니던 남자아이들이 움직임을 멈추었고, 재잘재잘 수다를 떨던 여자아이들도 입을 다물었다.

가영이가 "쟤 또 시작이네"라며 한숨을 쉬었다. 시온은 천천히 고개를 돌려 윤재를 쳐다보았다. 윤재는 재미있는 장난감을 발견한 아이처럼 히죽거렸다.

"어, 어? 왜?"

잔뜩 겁에 질린 성훈이 윤재의 눈치를 살피며 살짝 어깨를 움츠렸다. 윤재가 성훈의 뺨을 툭툭 쳤다. 그때마다 성훈의 왜소한 체구가 움찔움찔 떨렸다.

"내가 학교 나오지 말랬지? 내 말이 말 같지가 않냐? 너한테서 냄새난다고 학교에 오지 말라고 했잖아. 근데 왜 또 여기 앉아 있는데? 뭐 하러 꾸역꾸역 나오냐고, 재수 없게."

"아, 아침에 씻고 왔는데. 아무 냄새도⋯⋯."

"아무리 씻어도 너한테서 비린내가 난다고. 너희 엄마 시장에서 생선 장사하지?"

"⋯⋯응."

성훈의 얼굴이 울 듯이 일그러졌다. 윤재가 한 손으로 코를 막으며 옆자리에 앉은 동민을 돌아봤다.

"야, 너도 냄새나지? 생선 썩은 냄새 말이야."

"어? 으, 응⋯⋯ 나는 것 같아."

갑자기 지목을 당한 동민이 깜짝 놀란 얼굴을 하더니 머뭇머뭇 고개를 끄덕였다. 아니라고 했다가 저 역시 윤재에게 찍힐까 봐 두려웠던 탓이다. 윤재의 타깃이 되면 지금 성훈이 당하는 일들을 모두 자신이 감당해야 할 게 뻔했다.

그건 싫었다. 잠시만 눈을 감으면, 동민의 학교생활은 앞으로도 쭉 무난할 터였다. 동민은 성훈의 시선을 피하며 애꿎은 책상만 문질렀다. 그건 비겁한 행동이라기보다 현명한 처세술이었다. 그렇게 생각하고 싶었다. 아니면 스스로가 너무 비참하니까.

"거봐, 네 짝도 냄새가 난다고 하잖아. 이래도 내가 거짓말하는 거 같아? 남한테 피해를 주면서까지 학교에 나와야겠냐? 이거, 이 기적인 놈이네."

고등학교 입학 첫날부터 윤재의 이름은 꽤 유명했다. 어느 중학교의 일진이었다더라, 선생님도 어쩌지 못하는 문제아라더라, 무성한 소문이 윤재를 따라다녔다. 소문이 하나씩 더 붙을 때마다 윤재는 마치 훈장을 단 것처럼 점점 더 어깨에 힘을 주었다.

"미, 미안해……."

성훈이 기어들어 가는 목소리로 작게 속삭였다. 한 치수 크게 맞춘 교복이 성훈의 손등을 덮어 그렇지 않아도 작은 체구가 더 왜소해 보였다.

그 모습을 지켜보는 아이들은 하나같이 가시 돋친 침묵을 삼켰다. 윤재의 행동이 부당하다고 생각하면서도 누구 하나 선뜻 나서지 못했다. 약한 이들은 더 약한 이를 제물로 바쳐야만 살아남을 수 있었기 때문이다. 그것은 약육강식이 존재하는 교실의 법칙이었다.

모두가 떨떠름한 표정으로 고개를 돌리던 그때.

"너희 엄마 생선 장사하셔?"

낯선 목소리가 불쑥 끼어들었다. 평소와 다른 패턴에 반 아이들의 눈이 대번에 휘둥그레졌다. 어느새 옆으로 다가온 준서가 성훈에게 심드렁한 시선을 던졌다. 윤재가 피식 웃으며 준서와 어깨동무를 했다.

"왜? 너도 비린내 나냐, 전학생?"

준서는 한 손을 들어 자신의 어깨에 얹힌 윤재의 손을 내려놓았다.

"잘됐네. 안 그래도 우리 집에 길고양이 몇 마리가 드나들어서 생선을 살까 하던 참이었거든. 얻어먹는 주제에 입이 얼마나 고급인지 생선 말고는 거들떠보지도 않아서 말이야. 네 친구라고 하면 싸게 해 주실까?"

"어? 아, 으응."

친구라는 말에 깜짝 놀란 성훈이 두 눈을 동그랗게 뜨며 재빨리 고개를 끄덕였다.

"새, 생선 대가리 같은 건 그냥 줄 수도 있어. 내가 엄마한테 말해 볼게."

"오, 그거 잘됐네. 다음에 집에 같이 가자."

"으응."

교실은 바늘 떨어지는 소리도 들릴 만큼 고요했다. 반 아이들은 숨소리조차 죽인 채 눈동자만 데굴데굴 굴렸다. 혹시 권력의 판도가 바뀌는 것일까, 알고 보면 전학생이 무술의 고수였나. 호기심 섞인 시선들이 준서와 윤재 사이를 빠르게 오갔다.

"이게! 네가 끼어들 일이 아니야, 전학생! 여자애들이 꺅꺅거리니까 멋있어 보이고 싶은 모양인데, 나한테는 그런 거 안 통한다고!"

윤재가 고함을 지르며 옆에 있는 책상을 걷어찼다. 주인 없는 책상이 우당탕 소리를 내며 넘어갔다. 교실은 또다시 찬물을 끼얹은 것처럼 조용해졌다.

준서가 담담한 표정으로 윤재를 마주 보았다.

"왜? 네가 대신 생선 사 주려고? 꼭 그러고 싶다면 거절할 생각은 없는데."

"이게 돌았나? 야, 전학생이면 전학생답게 얌전히 눈치나 살펴!"

윤재가 준서의 멱살을 틀어쥐었다. 준서가 한쪽 입술을 당겼다. 잘생긴 얼굴이 재수 없는 얼굴로 바뀌었다.

"요즘 애들은 예의를 몰라. 동방예의지국이라는 말도 다 옛말이라니까. 나 때는 어른 그림자도 밟지 못했는데 말이야."

"뭐라고 지껄이는 거야? 죽고 싶어?"

일촉즉발의 위기상황이었다. 당장 싸움이 벌어질 것 같은 긴장감 속에서 남자아이들이 슬금슬금 두 사람 쪽으로 모여들었다.

'저승사자와 일진이 싸우면 누가 이길까?'

시온은 갑자기 떠오른 생각에 고개를 갸웃거리며 고민했다. 하지만 답은 뻔했다. 저승사자 준서의 패배가 확실했다. 밀가루처럼 허연 얼굴은 싸움의 '싸' 자도 모를 것 같았기 때문이다. 게다가 준서는 시온이 원귀에게 목이 졸릴 때도 멀뚱멀뚱 구경만 하고 있지 않았던가.

딩동댕동.

나라도 끼어들어야 하나, 하며 시온이 두 사람을 쳐다보는데 때마침 수업 시작을 알리는 종이 울렸다. 설상가상으로 이번 시간은 무섭기로 소문난 수학 선생님의 수업이었다. 불쾌한 표정으로 손을 놓은 윤재가 "너 오늘 운 좋은 줄 알아" 하며 자신의 자리로 돌아갔다.

"야, 쌤 온다, 쌤!"

복도를 살피던 아이 하나가 낮게 소리쳤다. 어수선하던 교실은 순식간에 정돈된 분위기를 되찾았다. 허무하게 끝난 두 사람의 대치에 누군가는 안도의 한숨을 쉬었고, 또 다른 누군가는 아쉬움의 탄식을 흘렸다.

"시온아, 근데 전학생 진짜 잘생겼다. 안 그래?"

가영이 수학책을 꺼내며 시온에게 귓속말을 했다. 그 말에 시온은 대번에 쌍심지를 켜며 가영을 돌아봤다. 영문을 알지 못하는 가영이 고개를 갸웃거리며 "왜?" 하고 물었다. 차마 '쟤가 바로 네 심장에 활을 쏘려던 무지막지한 애야!'라는 말은 하지 못하고 시온은 끙끙 앓는 소리만 흘렸다.

"아무것도 아니야."

문이 열리고 수학 선생님이 들어왔다. 시온은 저도 모르게 윤재를 힐긋거렸다. 맨 뒷자리에 앉은 윤재는 부리부리한 눈으로 준서의 뒤통수를 노려보고 있었다.

시온은 장바구니에서 아이스크림 하나를 꺼냈다. 심부름 값으로 아이스크림 하나면 싼 편이지, 하고 고개를 주억거리던 시온이 문득 걸음을 멈추었다. 저만치에 아는 얼굴이 보였던 탓이다. 준서가 커다란 가방을 멘 채 우체국 앞을 서성이고 있었다.

"뭘 하는 거지?"

아이스크림을 쪽쪽 빨던 시온이 준서를 부르려던 찰나, 아이 손을 잡은 아줌마가 우체국 앞에 나타났다. 그 모녀를 빤히 쳐다보던 준서가 아줌마에게로 성큼성큼 걸어갔다.

"피망이세요?"

"아, 맞아요, 피망."

그제야 시온은 아, 하고 나직한 탄성을 내뱉었다. 준서는 오늘도 중고거래를 하는 모양이었다.

"공무원은 쉴 틈 없이 바쁘구나."

아줌마가 준서에게 그림이 든 액자를 내밀었다. 그걸 확인한 준서가 흡족한 미소를 지으며 아줌마에게 오천 원을 건넸다.

잠시 머뭇거리던 아줌마가 미심쩍은 목소리로 말했다.

"정말 이걸 돈 주고 사는 거 맞니? 유명한 화가가 아니라 우리 할아버지께서 그리신 건데. 창고 정리를 하다가 나온 거야."

"황소 그림이 마음에 들어서요. 제가 소띠거든요."

"그래? 그럼 다행이고."

그 말에 아줌마는 이게 웬 횡재냐는 표정을 지으며 마트 쪽으로 총총 걸어갔다. 엄마 손을 잡은 조그만 여자아이가 "오빠, 안녕!" 하고 준서에게 손을 흔들었다.

"거기에도 원귀가 있구나?"

황소 그림 안에서 검은 그림자가 꿈틀거렸다. 준서는 갑작스러운 시온의 등장에도 놀라지 않고 무심하게 걸음을 옮겼다.

"어디 가는데?"

시온이 아이스크림을 쪽쪽 빨며 준서의 뒤를 따라갔다. 손에 들린 장바구니가 달랑달랑 흔들렸다.

"사람 없는 곳."

"근데 말이야. 요즘 학교에 검은 그림자가 덜 보이는 것도 네 덕분이야?"

"하찮은 원귀라도 실적에는 포함이 되니까."

"그러고 보니, 너 어제도 그 말한 거 같은데? 실적을 쌓아야 한다는 말 말이야. 저승세계 공무원도 사는 게 팍팍하구나."

"8급만 돼도 월급이랑 직원복지가 달라져. 올해 안에 청약 당첨돼서 내 집을 갖는 게 꿈이라 열심히 돈을 모아야 해."

"너 몇 살이야?"

시온은 기어코 금기와도 같은 질문을 던지고 말았다. 승진이니,

청약이니 하는 준서의 모습에 괴리감이 느껴졌기 때문이다.

"글쎄. 나도 백 살부터는 나이 세는 걸 잊어서. 아직 백오십 살은 안 됐을 거야."

같은 반 여자아이들이 알면 까무러칠 일이었다. 나이 차이가 열 살도 아니고, 백 살 넘게 나다니. 시온은 아무리 봐도 저와 비슷한 또래로밖에 보이지 않는 준서의 얼굴을 보며 절레절레 고개를 저었다.

"그럼 네 원래 얼굴은 할아버지야? 지금은 고등학생으로 변신한 거고?"

그 말에 준서가 문득 걸음을 멈추었다. 무례한 질문을 받은 사람처럼 표정을 구기던 준서는 아무것도 모르는 표정으로 아이스크림만 먹고 있는 시온의 모습을 보며 들으라는 듯 거하게 한숨을 내쉬었다.

"원래 이게 내 모습이야. 죽은 뒤부터는 외모가 변하지 않거든."

"아, 그렇구…… 어?"

무심코 고개를 끄덕이던 시온이 일순, 두 눈을 크게 떴다. 이번에는 시온이 그 자리에 멈춰 섰다. 망치로 머리를 한 대 얻어맞은 것처럼 시온의 표정이 멍하게 변했다.

그렇다는 말은 준서가 자신과 비슷한 나이에 죽었다는 뜻이 된다. 물론, 세상에는 천수를 누리지 못하고 죽는 사람들이 허다하다. 사건, 사고, 질병, 재해, 전쟁. 수많은 것들이 인간을 죽음으로 인도한다. 그럼에도 불구하고 대다수는 평범하게 늙어 죽는다. 시온 역시 가끔 할머니가 된 자신의 모습을 떠올리곤 했다.

'꽃다운 나이에 죽다니. 무슨 일이 있었던 걸까?'

시온은 점점 멀어지는 준서의 등을 보며 깊은 생각에 잠겼다. 백여 년 전이라고 했으니 준서가 죽은 것은 1900년 경일 테다. 1900년, 그 단어를 읊조리던 시온은 피부에 와 닿지 않는 시간 감각에 조용히 숨을 삼켰다.

고종이 대한제국을 선포하고, 일본이 우리나라를 집어삼키려는 야욕을 드러내던 시기. 어쩌면 시온은 짐작도 할 수 없는 사연이 준서에게 숨어 있을지도 몰랐다. 그래서 차마 물을 수 없었다. 아픈 곳을 건드릴 만큼 두 사람의 거리는 가깝지 않았다.

걸음을 서두르던 시온이 마침 생각난 듯 아, 하고 입을 열었다.

"가영이가 그때 있었던 일을 기억 못 한대."

"그야 당연하지."

"뭐가?"

시온이 다 먹은 아이스크림의 막대를 잘근잘근 씹으며 되물었다. 한적한 공원에 도착한 준서는 나무가 우거진 숲으로 들어갔다. 시온도 호기심을 이기지 못하고 준서의 뒤를 졸졸 쫓아갔다. 가방에서 활을 꺼낸 준서가 액자를 겨누었다.

"귀신에 홀린다는 말이 왜 있겠냐? 걔는 말 그대로 원귀에 홀린 거야. 그러니 기억 못 하는 게 당연하지."

준서가 태연하게 대구하며 활시위를 당겼다. 줄이 팽팽하게 당겨졌고, 액자 속에서 검은 그림자가 꾸물꾸물 비어져 나왔다. 반쯤 몸을 빼고 주위를 둘러보던 검은 그림자는 마침내 오래된 나무 하나를 점찍은 듯했다. 사람의 형체를 갖춘 그림자가 막 액자에서 빠져나온 순간.

팅!

매서운 파공음과 함께 시위를 떠난 활이 검은 그림자의 어깨에 꽂혔다. 찌적, 액자 유리에 금이 갔다. 커다랗게 덩치를 부풀린 그림자가 준서를 집어삼킬 듯 맹렬한 기세로 날아왔다.

"조심해!"

시온이 저도 모르게 소리쳤다. 준서가 재빨리 화살 하나를 더 재었다. 팅, 소리와 함께 화살이 공기를 가르며 나아갔다.

이번에는 화살이 그림자의 오른쪽 눈에 퍽하고 꽂혔다.

"우어어어어어!"

검은 그림자가 고통스러운 듯 몸을 뒤틀었다. 준서가 가방을 들고 그림자를 향해 뚜벅뚜벅 걸어갔다. 아가리가 벌어진 가방 안에는 바닥이 보이지 않는 구멍이 검게 소용돌이치고 있었다. 그림자는 도망가려고 발버둥을 쳤지만, 감히 거역할 수 없는 방대한 힘이 그를 잡아당기는 듯 그 큰 몸이 속절없이 끌려갔다.

"으아아아아!"

단말마를 남긴 그림자가 마침내 가방 안으로 쑥 하고 사라졌다. 블랙홀처럼 모든 걸 빨아들일 것 같던 검은 소용돌이가 사라지고, 평범한 책과 필통이 나타났다.

"방금, 그 가방……."

시온이 손가락으로 가방을 가리키며 망연하게 중얼거렸다. 그러고 보니, 가영에게 들러붙은 원귀도 저 가방 안으로 빨려 들어갔었다.

입구를 닫은 준서가 가방을 어깨에 둘러메며 대수롭지 않게 대답했다.

"저승세계와 통하는 문이야."

"저승세계와 통하는 문? 그 가방이?"

알면 알수록 믿기 힘든 이야기였다. 하지만 자신의 눈으로 본 것을 믿지 않을 수도 없었다. 태블릿PC를 꺼내 무언가를 전송한 준서가 금이 간 액자를 손에 들었다. 액자 속에는 황소 그림이 사라지고 텅 빈 백지만 남아 있었다.

반쯤 넋이 나간 채 인사도 없이 멀어지는 준서의 뒷모습을 보던 시온이 퍼뜩 정신을 차렸다.

"액자가 깨질 정돈데 가영이한테 화살을 쏘려고 했단 말이야? 피도 눈물도 없는 저승사자 같으니라고!"

주인을 잃은 혼잣말이 발치로 떨어졌다. 잔뜩 성이 난 얼굴로 씩씩거리던 시온은 그제야 손에 든 장바구니를 눈치채곤 "으아아, 엄마한테 혼나겠다!" 하며 힐레벌떡 집으로 뛰어갔다.

$*$

"학교 다녀오겠습니다."

"잠깐만, 성훈아."

"예?"

가방을 메고 현관문을 나서던 성훈이 그대로 멈추었다. 물기 묻은 손을 옷에 닦으며 방 안으로 들어간 엄마가 이내 운동화 한 켤레를 들고 나왔다. 눈이 부실 정도로 새하얀 운동화였다. 성훈의 눈이 금세 댕그래졌다.

"웬 운동화예요?"

"엄마가 우리 아들 주려고 샀지."

"우와!"

성훈이 저도 모르게 입을 쩍 벌렸다. 엄마의 손에 들린 건 시장에서 파는 2만 원짜리 운동화가 아니었다. 하얀 운동화 옆면에는 날렵한 모양의 로고가 새겨져 있었다. 요즘 한창 유행하는 브랜드였다.

"이렇게 비싼 걸?"

성훈은 얼떨떨한 표정으로 엄마를 쳐다봤다. 브랜드 운동화를 살 만큼 집안 형편이 넉넉하지 않다는 걸 아는 탓이다. 엄마가 미안한 표정으로 눈살을 찌푸렸다.

"새건 아닌데, 그래도 한 번도 안 신은 거래. 고등학생이나 돼서 시장 운동화 신으면 친구들한테 무시당한다고, 반찬가게 경민이 엄마가 하도 잔소리를 하잖니. 네가 착해서 아무 말 안 하는 거지, 브랜드 운동화 싫어하는 애가 어디 있냐면서.”

“전 진짜 괜찮은데.”

“운동화 가격이 정 부담스러우면 요즘에는 중고로도 좋은 물건이 많이 나온다고 하면서 피망인가 파프리칸가 하는 앱을 깔아 주더라? 그래서 손님 없을 때 계속 들여다봤는데, 마침 어제 좋은 물건이 나왔더라고. 너랑 발 사이즈가 똑같아서 다행이었어.”

“고맙습니다.”

성훈의 엄마는 중고 운동화에도 환하게 미소 짓는 아들을 바라보며 또다시 눈매를 일그러뜨렸다. 눈시울이 뜨겁게 달아올랐다.

“미안해. 엄마가 다음에는 꼭 새 신발 사 줄게. 이번 한 번만 이거 신고 다녀 줘, 아들.”

“이것도 좋아요. 한 번도 안 신은 거라면서요. 그럼 새거나 마찬가지죠.”

“그렇게 생각해 주면 고맙고. 아 참, 그리고 학교 마친 뒤에 가게 정리하는 거 도와주러 안 와도 돼. 공부하는 것도 힘들 텐데.”

“에이, 사실은 공부하기 싫어서 가는 거예요. 하나도 안 힘들어요.”

“그래도 애들이 놀리지 않니?”

엄마가 걱정스러운 표정으로 성훈을 응시했다. 성훈은 씩씩한 표정으로 고개를 흔들었다.

"아니에요. 어제는 고양이 키우는 친구가 엄마 생선가게가 어디냐고 물어보던데요? 다들 착해요. 다음에 같이 올게요."

"그래, 언제든지 오라고 해. 성훈이 친구면 공짜로라도 줘야지. 늦겠다. 얼른 가."

"예, 학교 다녀오겠습니다."

운동화를 갈아 신은 성훈이 우렁차게 인사하고는 집을 나섰다. 헤벌쭉 벌어진 입이 다물어질 줄 몰랐다. 성훈은 몇 걸음 걷다가 멈춰 서서 자신의 운동화를 내려다보았다. 그러다 다시 몇 걸음을 걷고 멈춰 서기를 반복했다. 오늘따라 학교로 가는 발걸음이 유독 가벼웠다.

하얀 운동화 아래에서 검은 그림자가 스멀스멀 움직였다.

"흐아암."

"또 게임 하느라 밤새웠냐?"

시온의 편잔에 연신 하품을 하던 석진이 손등으로 눈을 비비며 고개를 끄덕였다. 눈 밑의 그늘이 무릎에 닿을 듯 길게 내려왔다.

"약한 녀석들을 키워서 강하게 만드는 게 재밌거든. 게다가 요즘에는 정체불명의 적이 등장해서 이것저것 신경 쓸 게 많아. 그런데 이시온, 너는 요즘 얼굴이 좋아졌다?"

"얼굴?"

시온이 영문 모를 얼굴로 고개를 갸웃거렸다. 흐아암, 하고 또다시 하품을 하던 석진이 두 눈을 가늘게 떴다.

"얼마 전까지만 해도 죽상을 하고 누워서 홍삼 스틱이나 빨아 먹더니. 홍삼이 효과가 있긴 있나 봐. 안 그래도 엄마가 먹으라고 잔소리인데, 나도 먹어야 하나?"

듣고 보니 그랬다. 몸이 한결 가볍고 머리도 맑아진 것 같았다. 시온은 새삼스러운 기분으로 눈을 깜빡였다. 그러다 문득, 한 가지 사실을 깨달았다. 교실을 떠도는 검은 그림자가 보이지 않는 것과 자신의 컨디션 사이의 상관관계였다.

"그래서 그런가?"

"뭐가 그래서 그래?"

때마침 도착한 가영이 불쑥 끼어들었다. 호기심 가득한 눈동자가 시온과 석진 사이를 분주하게 오갔다.

"아무것도 아니야."

시온이 고개를 절레절레 젓는 찰나, 교실 앞에서 어슬렁거리던 윤재가 막 등교하는 성훈의 어깨를 툭 하고 쳤다. 비실비실한 성훈의 몸이 뒤로 밀려나며 쿵 하고 엉덩방아를 찧었다.

"아야."

시온이 벌떡 자리에서 일어났다. 더 이상은 참을 수가 없었다. 시온은 남들보다 정의로운 성격은 아니었다. 가끔은 무섭다는 이유로 불의를 못 본 척하기도 했고, 귀찮다는 이유로 횡단보도가 없는 좁은 도로를 그냥 건너기도 했다.

하지만 그런 시온에게도 마지노선 같은 게 있었다. 인간으로서 넘어서는 안 되는, 최소한의 경계선 말이다. 어쩌면 윤재에게 힘없이 당하는 성훈의 모습에서 예전 자신의 모습을 겹쳐 보는 건지도 몰랐다. 아이들의 따돌림에 아무 말 못 하고, 속수무책으로 당하기만 했던 나약한 과거를.

"시온아."

가영도 같은 생각을 했는지 울상을 지으며 시온의 손을 붙잡았다. 석진이 "야, 괜히 끼어들지 말고 가만히 있어"라며 한마디 거들었다.

윤재가 바닥에 넘어진 성훈을 발로 툭툭 찼다.

"야, 내가 냄새난다고 한 말 못 들었냐? 학교 오지 말라고 했어, 안 했어? 내 말이 말 같지가 않아?"

교실은 순식간에 고요해졌다. 다들 불똥이 튀지 않길 바라며 조용히 숨을 죽였다. 준서가 책상을 밀치고 일어나는 순간, 성훈이 천천히 고개를 들었다.

"넌 또 뭐야?"

성훈이 불쾌한 표정으로 인상을 찡그렸다. 사납게 치뜬 눈동자가 윤재를 똑바로 노려봤다.

"아이씨, 아침부터 재수가 없으려니까."

"뭐?"

생각지도 못한 반응에 윤재가 허를 찔린 표정을 지었다. 무슨 일이 벌어졌는지 받아들이지 못한 듯 멍하니 서 있던 윤재가 이내 인상을 구겼다.

"이게 미쳤나? 야, 너 뭐 잘못 먹었어?"

윤재가 느릿하게 일어난 성훈의 어깨를 다시 퍽 밀쳤다. 그러나 성훈은 넘어지는 대신 윤재의 팔을 잡고 그대로 비틀었다.

"아아악!"

성훈이 힘을 주자 팔이 꺾인 윤재가 비명을 질렀다. 믿을 수 없는 광경에 반 아이들의 눈이 휘둥그레졌다. 시온은 침착한 표정으로 성훈을 쳐다보았다.

반 아이들의 시선을 의식한 윤재가 성훈을 향해 눈알을 부라리며 허세 섞인 고함을 질렀다.

"죽고 싶냐? 이거 놔! 안 놔?"

윤재의 으름장에 성훈이 잡고 있던 팔을 밀치듯이 놓았다. 한 발짝 뒤로 밀려난 윤재가 어깨를 주무르는 듯 싶더니 주먹을 휘둘렀다.

퍽.

성훈의 고개가 돌아갔다. 그와 동시에 "야, 쌤 불러!" "문 닫아, 문 닫아!" 하는 소리가 산발적으로 울려 퍼졌다. 앞자리에 있던 남학생 하나가 담임을 부르러 뛰쳐나가는 순간.

빽.

성훈이 윤재의 얼굴을 주먹으로 갈겼다. 윤재가 우당탕 소리를 내며 뒤로 넘어갔다. 소란스럽던 교실은 또다시 찬물을 끼얹은 듯 조용해졌다. 가장 놀란 사람은 윤재였다. 무슨 일이 벌어졌는지 모르겠다는 표정으로 두 눈을 동그랗게 뜬 윤재가 무심코 콧등을 문질렀다. 시뻘건 코피가 묻어 나왔다.

성훈이 윤재를 향해 한 발을 내디뎠다.

"별것도 아닌 게 까불고 있어."

"거기까지!"

두 사람이 막 난투극을 벌이려는 찰나, 담임이 고함을 지르며 교실 문을 열고 들어왔다. 성난 기색으로 두 사람을 응시하던 담임이 "한윤재, 박성훈. 둘 다 교무실로 따라와!"라는 말을 남긴 채 먼저 등을 돌렸다.

두 사람 주위에 모여 있던 아이들이 인기척에 놀란 바퀴벌레처럼 스스슥 흩어졌다. 윤재와 성훈은 서로를 노려보며 담임의 뒤를 따라갔다. 뒤늦은 경악이 한 차례 교실을 휩쓸고 지나갔다.

시온의 반격

"봤냐?"

준서의 물음에 시온은 가볍게 고개만 끄덕였다. 두 사람은 점심시간을 틈타 인적이 드문 옥상 층계참에서 얘기를 나누는 중이었다.

골똘히 생각에 잠겼던 시온이 걱정섞인 목소리로 중얼거렸다.

"성훈이 얼굴 위로 검은 그림자가 보였어."

"원귀가 씐 거야."

"원귀."

시온이 준서의 말을 따라 하는데 어디선가 디링 하는 소리가 울렸다. 준서가 가방에서 태블릿PC를 꺼냈다.

점심시간에도 가방을 메고 다니는 준서의 기행은 이미 반 아이들 사이에서 유명했다. 그 모습에 좋은 거라도 가지고 다니는 거

냐며 준서의 가방을 뒤지던 윤재는 아무리 헤집어도 책과 필통밖에 없자, 못마땅한 얼굴로 혀를 찼다.

태블릿PC로 메일을 확인하던 준서의 얼굴이 일그러졌다. 시온이 호기심 어린 표정으로 준서의 어깨너머를 힐끔거렸다.

"왜? 안 좋은 일이라도 있어?"

"또 민원이 들어왔어."

"민원?"

시온이 고개를 갸웃거리며 물었다.

"민원이라면 건의사항이나 불편신고 같은 걸 말하는 거야?"

"내가 잡아넣은 원귀들은 저승에서 심판을 받기 전에 항상 민원을 제기한단 말이지. 내가 너무 강압적이다, 폭력적이다, 하면서. 원귀를 잡아넣으면 뭐 해. 민원 때문에 점수가 다 깎이는데. 이래서야 언제 8급으로 승진할 수 있을지 모르겠어."

준서는 어느덧 시온이 편해진 듯 푸념을 늘어놓았다. 시온이 "너도 힘들겠구나" 하며 고개를 끄덕였다. 그러다 문득, 가영이의 심장에 활을 쏘려던 준서의 모습이 떠올랐다. 그리고 나자, 어째서 원귀들이 민원을 넣는지 알 것 같기도 했다.

그때, 또다시 알람이 울렸다. 푹 한숨을 내쉬며 메일을 확인하던 준서가 두 눈을 동그랗게 떴다.

"왜? 또 민원이야? 설마 어제 그 황소 액자?"

"……아니."

준서는 어딘가 멍해 보였다. 마치 헛것이라도 본 듯, 손등으로 눈을 비빈 준서가 다시 메일을 확인했다.

"왜 그러는데?"

시온의 물음에도 줄곧 침묵하던 준서가 한참 만에야 입을 열었다. 평소보다 몽롱한 목소리는 환희에 차 있었다.

"기억나? 가영이한테 씌어 있던 그 원귀 말이야."

"은혜? 은혜가 왜? 은혜도 민원을 넣었어? 근데 솔직히 은혜는 그럴 만하지 않아? 네가 좀 무자비했어야지."

시온의 말에 준서가 절레절레 고개를 저었다.

"그게 아니야."

"그럼?"

"그 원귀가 나를 칭찬하는 민원을 넣었어."

"뭐라고?"

시온이 귀신 씻나락 까먹는 소리를 들은 양 눈살을 찌푸렸다.

"외모에 대한 콤플렉스 때문에 사람들을 원망하는 마음이 남아서 이승을 떠나지 못했는데, 덕분에 남은 한을 떨칠 수 있었대. 어쩌지? 나 이거 처음 받아보는 칭찬 민원이야. 칭찬 민원이 많으면 많을수록 승진도 빨라지거든."

준서는 감격스러운 표정이었지만, 정작 시온은 심드렁했다. 아무리 생각해도 그건 준서가 아니라 제 덕분인 것 같았지만, 스스로 말하자니 왠지 쑥스러웠다. 시온이 "그건 그렇고" 하며 화제를 전환했다.

"성훈이한테 씐 원귀 말이야, 꼭 잡아야 해?"

"그게 무슨 말이야?"

화면을 캡처한 준서가 '칭찬1'이라는 이름으로 파일을 저장한 후 시온을 쳐다보았다. 시온이 뚱한 목소리로 말을 이었다.

"솔직히 그렇잖아. 윤재가 성훈이를 괴롭히는 거 모르는 사람도 없고. 원귀가 씌어서 윤재한테 덤비니까 오히려 속이 시원하던 걸?"

"그러니까 네가 하나만 알고 둘은 모른다는 거야."

"뭐?"

준서의 무시하는 말투에 시온이 발끈했다. 두 눈을 사납게 치뜨며 준서를 노려봤지만, 태블릿PC를 가방에 넣던 준서는 그 사실을 눈치채지 못했다.

"원귀가 씌면 나중에 성훈이는 어떻게 될 것 같아?"

"어떻게 되는데?"

"성훈이의 의지랑 상관없이 원귀가 그 몸을 완전히 지배하게 돼. 가영이 때를 생각해 봐. 우리는 그걸 원귀에게 잡아먹힌다고 표현하지. 혼을 빼앗기고 나면, 성훈이는 이 세상에 더 이상 존재하지 않게 되는 거야. 저승에서 심판받을 기회도 없이 소멸한다고."

생각보다 심각한 답변에 시온의 표정도 덩달아 진지해졌다. 꿀꺽, 마른침을 삼킨 시온이 긴장한 목소리로 물었다.

"그럼 어떻게 해?"

"어떻게 하긴. 퇴치해야지. 그러고 보니, 성훈이가 신고 왔던 운동화가 낯익었어."

"운동화?"

"피망마켓에 올라온 물건이었는데, 내가 판매자한테 연락했을 때는 이미 한발 늦었더라고. 아마 성훈이가 그걸 산 것 같아."

"그럼 운동화에 원귀가 깃들어 있었다는 거야?"

"그럴 가능성이 높아. 처음에는 물건에 머물다가 성훈이가 그걸 신는 순간, 인간에게 빙의한 거지. 아니야, 그래도 이상한데."

거기서 잠깐 말을 멈춘 준서가 고개를 갸웃거렸다.

"아무리 신발에 원귀가 깃들어 있었다고 해도, 사람한테 옮겨 붙는 건 쉽지 않은데. 가영이도 그렇고, 성훈이도 그렇고…… 역시 이 학교에 뭔가 있나?"

반쯤 혼잣말을 중얼거리던 준서가 의미심장한 눈으로 시온을 응시했다. 왠지 불길한 예감이 들었다.

"너, 내가 성훈이 심장에 화살을 쏘는 거 싫지?"

당연했다. 하지만 고개를 끄덕이면 원치 않는 일에 발목이 잡힐 것 같았다. 아니나 다를까, 준서가 씩 하고 웃었다. 여자아이들이 얼굴 천재라고 외치는 바로 그 미소였다. 불길한 느낌이 점점 더 강해졌다.

"그럼 저번처럼 성훈이 몸에서 원귀를 끄집어내 봐."

"싫어."

시온은 대뜸 고개를 저었다. 준서가 "왜?" 하고 물었지만, 시온은 아무 대답도 하지 않았다. 웬만하면 끼어들고 싶지 않다는 게 솔직한 심정이었다. 준서와 엮일수록 평범한 삶에서 멀어지는 기분이 들었기 때문이다.

"넌 성훈이가 어떻게 돼도 좋다는 거야?"

"윽!"

준서의 비난에 시온이 두 눈을 사납게 치떴다. 날카롭게 쏘아붙이려던 시온은 이내 입을 다물고 등을 돌렸다. 그리고 준서를 그대로 남겨 둔 채 자리를 떴다. 두 주먹을 꽉 움켜쥔 시온이 나지막하게 혼잣말을 중얼거렸다.

"어떻게 해서 손에 넣은 평범한 일상인데. 다시 옛날로 돌아갈 순 없어."

＊

가방을 책상 위에 내려놓던 시온이 멈칫했다. 교실 분위기가 평소와 달리 긴장되어 있었기 때문이다. 성훈이 원인이라는 건 금방 눈치챘다. 성훈은 책상에 엎드린 채 잠을 자는 중이었고, 윤재는 그런 성훈의 뒷모습을 노려보고 있었다. 그사이에 낀 반 아이들은 연신 두 사람을 힐끔거렸다.

"시온아, 안녕…… 어? 너 어젯밤에 잠 못 잤어?"

가영이 인사를 하다 말고 걱정스러운 표정을 지었다. 시온은 "아니야" 하고 고개를 저으며, 자신의 눈 밑을 쓱 문질렀다. 사실 잠을 거의 못 자기는 했다. 아주 오랜만에 생각이 많은 밤이었다.

시온은 네 개의 갈림길 중에서 곧장 천국으로 향할 만큼 선한 사람은 아니었다. 그러나 즉시 지옥에 떨어질 만큼 악한 사람도 아니었다. 그래서 준서의 부탁을 거절한 뒤에도 계속 마음 한구석이 무거웠다. 마치 무단 횡단을 하고 난 뒤처럼 찜찜한 느낌이 가시질 않았다.

지난 사건 때 시온이 발 벗고 나선 건 원귀에 씐 사람이 가영이었기 때문이다. 만약 다른 사람이었다면, 시온은 절대 개입하지 않았을 것이다.

온종일을 학교에서 보내는 학생에게 또래 관계는 상상 이상의 파급력을 가진다. 누군가 시온을 향해 "이상해"라고 하는 순간, 시온은 이상한 아이가 되고 마는 것이다. 그건 마치 낙인과 같아 쉽게 지워지지도 않는다.

시온은 평범한 레일 위에서 벗어나고 싶지 않았고, 그러기 위해 다른 아이들의 눈치를 살펴야 했다. 친구들이 좋아하는 것을 좋아했고, 친구들이 관심 가지는 것에 관심을 가졌다. 그러면 같은 무리의 일원이 된 것 같아 안심이 되었다. 하지만 시온의 마음속에는 늘 그들과 다르다는 생각이 깔려 있었다.

'이시온이랑 놀지 마. 쟤는 거짓말쟁이야.'

'쟤 진짜 이상해. 아무것도 없는데, 자꾸만 뭐가 따라온다고 거짓말하더라니까. 관심받고 싶어서 그러는 거야.'

'우리 엄마가 그러는데, 쟤네 집 완전 콩가루 집안이래.'

한번 떠오르기 시작한 초등학교 때의 기억은 밤새 시온을 괴롭혔다. 시온은 이리 뒤척, 저리 뒤척하면서 절대로 성훈의 일에는 끼어들지 말자고 몇 번이나 다짐했다. 자신의 다름을 들키고 싶지 않았다. 평범하지 않다는 걸 들키는 순간, 시온은 또다시 혼자가 될 것이다.

그때, 가영이 시온의 눈앞으로 얼굴을 불쑥 들이밀며 두 눈을 가늘게 떴다.

"에이, 무슨 일 있는데? 절친을 우습게 보지 마, 이시온. 우리가 몇 년 친구니? 난 네 얼굴만 봐도 무슨 생각을 하는지 다 안단 말이야. 그래서 무슨 일인데? 나한테 말해 봐."

"가영아."

시온은 오도카니 앉아 있는 성훈의 뒷모습을 보았다. 어제보다 검은 그림자가 더 커진 것 같았다. 게다가 더 선명하기도 했다. 검은 그림자는 야금야금 성훈을 집어삼키는 중이었다.

'내가 도와주지 않는다면, 성훈이는 어떻게 될까? 정말로 원귀에게 잡아먹히는 걸까? 아니야. 내가 신경 쓸 일은 아니지. 이건 준서가 해결해야 할 일이야. 저승사자는 내가 아니라 준서잖아.'

시온은 성훈을 외면하듯 고개를 돌렸다. 그러다 하필이면 준서와 눈이 딱 마주쳤다. 부리부리한 눈은 시온을 원망하는 것처럼 보였다. 시온은 입술을 질끈 깨물며 준서의 시선마저 피했다.

그런데도 여전히 마음은 편하지 않았다. 적당히 착하고, 적당히 나쁜 시온은 반 친구의 어려움을 모른 체할 만큼 독하지 않은 탓이었다.

"네 눈에도 내가 이상해 보여?"

"왜? 누가 너보고 이상하대? 누구야? 내가 이것들을 그냥!"

가영이 대번에 쌍심지를 켜며 자리에서 일어났다. 소매를 둘둘 걷으며 교실을 둘러보는 가영의 어깨를 시온이 도로 눌러 앉히며 말했다.

"하여간 성질 급한 건 알아줘야 한다니까. 그게 아니라, 그냥 가끔 내가 평범하지 않은 것 같아서 말이야."

가영은 대답 대신 시온을 물끄러미 쳐다보았다. 때때로 가영은 시온이 하지 않은 말을 알아차리는 능력이 있었다. 아마도 두 사람이 함께 보낸 시간이 인생의 절반 이상을 차지하기 때문일 것이다. 가영과 시온은 오랜 시간동안 같이 웃었고, 같이 화를 냈으며, 같이 울었다.

"시온이 넌 내가 쌍꺼풀이 없는 게 이상해? 평범하지 않아 보여?"

"무슨 말을 그렇게 해? 하나도 이상하지 않아! 너는 지금 그대로도 충분히 예뻐! 네가 그랬잖아, 요즘은 그런 얼굴이 대세라고."

은혜 일을 떠올린 시온이 왈칵 소리를 질렀다. 가영이 그럴 줄 알았다는 듯 빙그레 웃었다.

"나도 알아. 한번 빠지면 헤어나올 수 없는 매력이 있지. 그럼 내가 공부 못해서 이상해?"

"그럴 리 없잖아."

"마찬가지야, 시온아. 쌍꺼풀이 있고 없고, 공부를 잘하고 못하고. 그냥 모두 다른 것뿐이야. 세상에서 나와 똑같은 사람은 아무도 없어. 우리는 누구나 평범하지 않아. 네가 나랑 똑같으면 그게 더 이상할걸? 도플갱어를 만나면 반드시 죽는다잖아. 으으, 소름 끼쳐."

"정말로 평범하지 않아도 괜찮은 걸까?"

시온이 생각에 잠긴 얼굴로 책상을 내려다보았다. 가영이 시온의 어깨에 팔을 척 걸치며 고개를 끄덕였다.

"응, 그러니까 넌 공무원 같은 건 안 어울려. 너도 나랑 성적 비슷하잖아. 괜히 헛꿈 꾸지 말고, 나중에 나랑 카페나 차리자."

"야, 김가영! 공부를 못하기는 누가 못해? 너보단 내가 더 성적 좋거든?"

"어차피 거기서 거기지! 21등이나 25등이나! 꺄악!"

시온의 성난 기세에 가영이 비명을 지르면서 도망쳤다. 그러나

도망치는 가영도, 뒤쫓는 시온도 깔깔거리며 웃었다. 가영의 뒷덜미를 잡아챈 시온이 바닥으로 넘어뜨리며 기술을 걸었다.

"항복! 항복! 야, 이시온. 나한테 주짓수 기술 쓰기 있어? 반칙 아냐?"

"이럴 때 쓰려고 배운 기술이거든?"

시온이 가영의 몸통을 조르며 대꾸했다. 석진이 교실 바닥을 뒹구는 두 사람을 보며 한심한 표정을 지었다.

"하는 짓이 아주 똑같다, 똑같아. 도플갱어냐?"

"아하하. 너랑 나랑 똑같대, 시온아. 그럼 우리 둘 중 누구 하나는 죽는 거 아냐?"

그 순간, 거짓말처럼 가슴이 후련해졌다. 온갖 잡념이 안개처럼 도사리고 있던 머릿속도 깨끗해졌다. 시온은 더 이상 망설이지 않기로 했다. 끝까지 성훈을 모른 체하기에 시온은 이미 적당히 착한 아이였기 때문이다.

어쩌면 다들 그렇게 살아가는 걸지도 모른다. 양심에 내키는 만큼 착하게, 신념을 어기지 않을 만큼 나쁘게, 그 사이에서 아슬아슬하게 줄타기를 하며. 게다가 시온이 어떤 모습이든 가영만큼은 옆에 있어 줄 터였다.

마침내 결심한 시온이 시원스레 웃으며 준서를 돌아보았다. 눈이 마주친 준서가 불쾌한 표정으로 미간을 찡그렸다.

'하긴, 평범하지 않기로는 준서만 한 애가 없지. 고등학생이 된

저승사자라니.'

그렇게 생각하니 마음이 좀 더 편안해졌다.

＊

"왜 성훈이 뒤를 몰래 미행해야 하는 거야?"

쓰레기통 뒤에 몸을 숨긴 시온이 고약한 냄새에 인상을 찡그리며 물었다. 준서가 사뭇 진지하게 대답했다.

"당연히 사람들 눈을 피해야 하니까 그렇지. 너는 사람들이 모여 있는 곳에서 원귀를 퇴치할 생각이야? 경찰서는 둘째 치고 정신병원에 안 끌려가면 다행일 거다. 어떻게 나보다 이승에 대해서 더 몰라?"

"하긴 그 활은 좀 그렇긴 하지. 그런 걸 사람에게 쏘았다간 바로 체포당하겠다. 근데 아까 성훈이는 왜 2학년 교실에 올라갔을까? 아는 사람이라도 있는 걸까?"

"난들 아냐? 그보다 조용히 좀 해. 너 때문에 들키겠다. 성훈이 뒤를 미행한다고 소문이라도 내지 그러냐?"

"……알았어. 조용히 하면 되잖아."

시온이 준서를 흘겨보며 입술을 삐죽였다. 그러다 생각해 보니 살짝 억울했다.

"그보다 나한테 고맙다는 말부터 해야 하는 거 아냐?"

준서가 못 들은 척 입간판 뒤에 몸을 숨겼다. 그때, 성훈이 인적 드문 골목길로 들어갔다. 시온과 준서가 한 박자 늦게 골목 어귀에 도착한 순간, 별안간 골목에서 시끄러운 고성이 날아왔다. 잠시 서로의 얼굴을 마주 본 시온과 준서가 벽 너머로 고개만 빼꼼 내밀었다.

"내가 그냥 보내 줄 거라고 생각했냐?"

잔뜩 화가 난 얼굴의 윤재가 거기 있었다. 시온이 걱정스러운 표정으로 준서를 돌아봤다.

"어쩌지?"

"쉿."

준서는 대답 대신 조용히 하라는 듯, 자신의 입술에 손가락을 가져다 댔다. 시온은 골목 안으로 불안한 시선을 던졌다.

"그냥 안 보내 주면 어쩔 건데?"

성훈이 불쾌한 목소리로 되받아쳤다. 성훈의 얼굴 위로 또다시 검은 그림자가 일렁거렸다. 연기처럼 희끄무레하던 그림자는 시간이 흐를수록 점점 더 선명한 형체를 갖추었다.

"좋은 말로 할 때 비켜."

"하, 이게 진짜 뭘 잘못 먹었나. 야, 박성훈. 너 제정신이야? 나 윤재야, 한윤재라고."

"그래서?"

둘 사이에는 당장이라도 싸움이 벌어질 것 같은 팽팽한 긴장감이 흘렀다. 준서가 말없이 화살을 꺼냈다. 시온이 그런 준서의 손을 잡으며 천천히 고개를 저었다.

"조금만 기다리자."

"왜?"

"원귀 퇴치하는 걸 윤재한테 들켜서 좋을 게 없잖아. 성훈이가 윤재를 때려눕힐 때까지 기다리자고."

그 말에 얌전히 침묵하던 준서가 두 눈을 가늘게 뜨고는 미심쩍은 시선을 던졌다.

"솔직히 말해. 무슨 꿍꿍이야?"

"뭐, 이참에 윤재가 호되게 당해서 두 번 다시 애들을 안 괴롭히면 좋잖아."

그러면서 시온은 휴대폰을 꺼냈다. 카메라를 켜 동영상 촬영을 시작한 시온이 휴대폰을 골목 안으로 살짝 밀어 넣었다. 두 사람의 모습이 또렷하게 찍혔다.

"이 자식이 진짜! 내가 봐줬더니 고마운 줄 모르고 계속 덤빈다 이거지? 좋아, 제대로 한번 붙어 보자! 나중에 엉엉 울면서 빌어도 소용없을 줄 알아!"

그 말과 동시에 윤재가 성훈에게 달려들었다. 그러나 성훈이 한 발 빨랐다. 메고 있던 가방을 윤재에게 던진 성훈이 왼발을 주축으로 한 바퀴 빙글, 몸을 돌렸다. 일직선으로 뻗은 오른쪽 다리가 정확하게 윤재의 턱을 강타했다. 깔끔한 뒤돌려 차기였다.

"윽!"

윤재가 비명을 지르며 그 자리에 털썩 주저앉았다. 턱을 감싼 윤재는 어리둥절한 얼굴로 주위를 둘러보다가 이윽고 두 눈을 크게 떴다.

"너…… 너!"

"안 그래도 기분 나빠 죽겠는데 별것도 아닌 게 까불고 난리야."

성훈이 바닥에 떨어진 가방을 주워들고 걸음을 옮기기 시작했다. 씩씩거리던 윤재가 "거기 안 서!"라고 고함을 지르며 성훈의 등을 공격했다. 성훈은 뒤를 돌아보지 않고도 팔꿈치만 뻗어 정확하게 윤재의 명치를 찍었다.

"헉!"

숨을 삼킨 윤재가 가슴을 부여잡고 상체를 숙였다. 얼굴이 하얗게 질렸다. 성훈이 천천히 뒤를 돌아보며 주먹을 치켜들었다. 그제야 윤재가 겁먹은 얼굴로 두 손을 들었다.

"미, 미안해! 내가 잘못했어!"

윤재는 손이 발이 되도록 싹싹 빌었다. 한동안 말없이 윤재를 내려다보던 성훈이 "두 번 다시 내 앞에 얼씬거리지 마. 그땐 정말 안 봐줄 테니까" 하는 말을 남겨놓곤 저벅저벅 걸어갔다.

윤재는 여전히 얼떨떨한 표정이었다. 어쩌면 성훈에게 호되게 당한 현실이 믿기지 않는 걸지도 몰랐다. 윤재가 멀어지는 성훈을 등을 뚫어지게 바라볼 때, 준서와 시온이 불쑥 나타났다.

"한윤재!"

"……너, 너희들이 왜?"

아무도 없다고 생각한 곳에서 낯익은 얼굴이 튀어나오자, 윤재가 당혹스러운 표정을 지었다. 그러다 금세 불안한 기색으로 두 사람의 눈치를 살폈다.

시온이 씩 웃으며, 손에 든 휴대폰을 내밀었다.

"방금 네가 성훈이한테 얻어맞는 장면 동영상으로 다 찍었어. 잘못했다고, 다시는 안 그러겠다고 싹싹 비는 것까지 말이야."

"뭐? 그, 그 휴대폰 이리 내놔!"

윤재가 사납게 소리치며, 당장이라도 시온에게 달려들 것처럼 한 걸음씩 가까워졌다. 시온이 그런 윤재를 보며 담담하게 대꾸했다.

"설마 휴대폰만 없애면 동영상이 사라질 거라고 생각하는 건 아니겠지? 이미 내 메일이며 클라우드에 백업해 놨어."

"윽."

윤재가 어금니를 꽉 깨물며 걸음을 멈추었다. 서슬 퍼런 눈빛이 시온에게 꽂혔다. 그러나 시온은 주눅 들지 않고 한마디 한마디에 힘을 주었다.

"한 번만 더 성훈이를 괴롭히면 학교 홈페이지에 이 동영상을 올릴 거야. 전교생들이 다 볼 수 있게 말이야. 내 SNS는 물론이고 우리 반 단톡방에도."

윤재는 대번에 사색이 되었다. 자신이 성훈에게 손이 발이 되도록 비는 장면이 전교생에게 알려진다는 건 윤재에게 있어 사망선고나 다름없었다. 그는 아이들의 두려움을 먹고 사는 존재였으므로.

"네가 다른 애들을 괴롭히지 않는다면, 나도 동영상을 퍼뜨릴 마음은 없어. 오늘 본 것도 죽을 때까지 비밀로 할 거야."

"쳇. 마음대로 해."

말없이 시온을 쏘아보던 윤재가 마치 도망치듯 골목을 빠져나갔다. 시온은 멀어지는 윤재의 뒷모습을 지켜보았다. 준서가 그런 시온을 재촉했다.

"뭘 꾸물거려? 빨리 가자."

두 사람이 성훈을 다시 발견한 건 인적 드문 공사장 앞에서였다. 몇 년 전부터 병원이 들어온다며 주변 집들을 허물던 공터는 아직도 새 건물이 들어서지 않은 채 황폐하게 방치되어 있었다.

"박성훈!"

준서의 부름에 앞서가던 성훈이 걸음을 멈추고 뒤를 돌아보았다. 성훈은 시온의 모습에 어리둥절한 표정을 짓더니, 그 옆에 서 있는 준서를 발견하곤 금세 반가운 얼굴을 했다. 조금 전까지 어른거리던 검은 그림자는 보이지 않았다.

"어? 준서야! 여긴 어쩐 일이야? 너희 집도 이 동네야?"

"박성훈, 여기 너희 집 가는 길 아니잖아."

그제야 성훈이 두 눈을 동그랗게 뜨며 주위를 둘러봤다. 그러곤 겸연쩍은 얼굴로 머리를 긁적였다.

"어, 그러게? 내가 왜 이리로 왔지? 귀신에 씌었나?"

성훈이 농담을 하며 헤헤, 소리 내어 웃었다. 그러나 시온은 그 정확한 통찰력에 놀라 저도 모르게 움찔했다. 이래서 도둑이 제 발 저린다고 하는 모양이다.

준서가 성훈을 향해 싸늘하게 말했다.

"더 이상 숨어 있지 말고 나와, 원귀."

"응? 뭔 귀? 그게 뭐……."

성훈의 말은 채 끝까지 이어지지 못했다. 어리둥절한 얼굴 위로 검은 그림자가 드리우기 시작한 탓이었다. 꾸물꾸물, 연기처럼 움직이던 그림자는 서서히 사람의 형체를 갖추더니 마침내 사납게 눈썹을 일그러뜨린 남자의 얼굴이 되었다.

"너는 뭐야."

성훈이 아니, 원귀가 짜증 섞인 목소리로 물었다. 준서는 그 질문에 순순히 대답해 줄 생각이 없었다. 준서가 고압적인 태도로 명령했다.

"한낱 원귀 주제에 인간의 몸에 기생하지 말고 당장 나와. 네가 있어야 할 곳은 거기가 아니야."

"아니, 같은 말을 해도……."

시온이 원귀의 눈치를 살피며 준서를 말리려고 했지만 이미 늦었다. 원귀가 잔뜩 화난 얼굴을 했다. 시온은 어째서 준서에게 불만 민원이 많이 들어오는지 알겠다며 긴 한숨을 내쉬었다.

"웃기지 마! 내가 어떻게 이 몸을 얻었는데! 비좁은 운동화에 갇혀 있다가 개의 도움을 받아 겨우 자유를 얻었단 말이야! 그런데 돌아가라고?"

원귀가 고함을 지를 때마다 검은 얼굴이 이리저리 뒤틀리며 기괴한 형상을 만들었다. 어느새 활을 꺼낸 준서가 말없이 화살을 재었다. 그 행동이 원귀의 분노를 더욱 부채질했다.

"으아아아아!"

시온은 그 틈을 타 살금살금 원귀에게로 다가갔다. 눈치 빠른 원귀가 획 하고 성난 얼굴을 돌렸다. 곧장 눈이 마주친 시온이 흠칫 어깨를 떨었다.

"그런 뻔한 수법에 내가 당할 것 같아!"

분을 이기지 못하고 날뛰던 원귀가 성난 기세 그대로 시온을 향해 달려들었다. 시온이 당황한 기색으로 준서를 쳐다보았지만, 준서는 도와줄 생각이 전혀 없었다. 어떻게든 알아서 하라는 듯 무책임한 눈으로 활시위만 당기고 있을 뿐이었다.

"야, 백준서! 너 나중에 두고 봐!"

시온이 등을 돌려 달아나며 배신감 가득한 목소리로 고함을 질렀다. 순간 준서의 눈동자가 갈등하는 듯싶었지만, 준서가 도와주

기엔 이미 늦었다. 원귀는 어느새 시온의 바로 뒤에 있었다. 원귀가 시온을 잡기 위해 한 손을 쑥 뻗었다.

"으아악!"

시온은 반사적으로 원귀의 팔을 잡고 몸을 수그리며 있는 힘껏 엎어치기를 했다. 위기상황에서 발동되는 본능적인 행동이었다. 휘익, 몸이 들린 원귀가 그대로 허공을 한 바퀴 돌더니 쿵 소리를 내며 바닥으로 떨어졌다.

"으으으."

원귀의 잇새에서 신음이 흘렀다. 시온은 원망스러운 표정으로 준서를 노려보았다.

"야! 내가 태권도랑 유도, 무에타이, 주짓수를 배우지 않았다면 지금쯤……."

시온의 말이 채 끝나기도 전에 준서가 눈치 없이 "지금이야!" 하고 소리쳤다. 날카로운 눈으로 준서를 쏘아보던 시온이 할 수 없다는 듯 원귀에게 달려들었다.

원귀가 바닥에 부딪힌 등을 문지르며 얼굴을 일그러뜨렸다. 성훈의 몸에 빙의해 있을 때는 육신의 아픔이 고스란히 전이되는 모양이었다. 시온은 끙끙 앓느라 본체에서 살짝 삐져나온 원귀의 귀를 잡았다. 마치 얼음장을 만지는 것처럼 차갑고, 젖은 걸레를 쥔 것처럼 축축했다. 한마디로 썩 좋지 않은 느낌이있다.

시온은 음식물 쓰레기를 만지듯, 엄지와 검지로 원귀의 귀를 잡고선 힘껏 당겼다.

"으아아아악!"

귀를 잡힌 원귀가 비명을 질렀다.

"아파! 아프다고! 그만두지 못해! 귀가 떨어질 것 같다고!"

원귀는 성훈의 몸에서 빠져나오지 않으려고 악을 쓰며 버텼다. 시온이 "이야압!" 하는 기합을 넣으며 젖 먹던 힘까지 끌어냈다. 그제야 원귀의 머리가 삐죽 튀어나왔다.

"너 때문에 성훈이가 죽을 수도……."

시온이 말을 하다 말고 멈칫했다. 원귀가 다급한 목소리로 외쳤다.

"왜! 도대체 왜! 이 약한 놈은 내가 없으면 안 된단 말이야!"

두 눈을 크게 뜬 시온이 원귀를 빤히 쳐다보았다. 원귀는 원통한 표정으로 울상을 지었다. 시온이 미심쩍은 목소리로 물었다.

"너 사실은 성훈이를 지키고 싶었던 거야?"

원귀가 천천히 고개를 돌렸다. 무슨 말을 들었는지 언뜻 이해가 가지 않는다는 듯 눈매를 찌푸리던 원귀가 이내 홍 하고 콧방귀를 뀌었다.

"지키고 싶다고? 누굴? 설마 이놈 말이야? 내 동생처럼 약해 빠져서 쓸모라고는 없는 이 녀석을? 웃기는 소리!"

시온은 원귀의 얼굴을 물끄러미 들여다보았다. 예전의 시온이었다면, 원귀의 얼굴을 직면한다는 건 상상도 할 수 없는 일이다.

그러나 지금 이 순간, 시온은 자신의 특별함과 마주했다. 평범하지 않아도 괜찮은 시온만의 특별함과.

시온의 시선이 길어질수록 원귀의 얼굴이 점점 더 당혹스러운 빛을 띠었다. 마치 들키고 싶지 않은 비밀을 들킨 사람처럼.

쉬익.

그때, 바람을 가르는 소리가 났다. 둥근 포물선을 그리며 날아온 화살이 그대로 원귀의 머리에 꽂혔다.

"커헉!"

"백준서!"

방심하고 있던 원귀가 두 눈을 부릅떴다. 원망스러운 눈동자가 시온을 응시하다가 이윽고 준서를 향했다. 준서는 비명을 지르는 원귀 따위는 아랑곳하지 않고, 무표정한 얼굴로 가방을 열었다. 책과 필통이 사라지고 검은 소용돌이가 나타났다. 거대한 바람이 마치 자석처럼 원귀를 끌어당겼다.

화살에 맞아 힘을 빼앗긴 원귀가 성훈의 몸에서 쑥 하고 뽑혀 나왔다. 성훈이 정신을 잃고 풀썩 쓰러졌다.

"성훈아!"

걱정스러운 눈으로 성훈을 내려다보던 시온이 다음 순간, 원귀에게로 달려갔다.

"읏!"

시온이 원귀의 손을 붙잡았다. 소용돌이에 빨려가던 원귀의 움직임이 잠깐 멈췄다. 시온은 소용돌이에 반쯤 삼켜진 원귀를 있는 힘껏 잡아당겼다.

"으으윽!"

시온의 잇새에서 신음이 흘러나왔다. 갑작스러운 상황에 원귀의 눈이 당황으로 물들었다. 그건 준서 역시 마찬가지였다.

"뭐 하는 거야, 이시온! 그 손 놔! 인간이 거기에 끌려가면 큰일이 난다고!"

하지만 시온은 끝까지 손을 놓지 않았다.

"으으으!"

가방 안으로 질질 끌려가던 시온은 남은 시간이 얼마 없다는 걸 깨닫곤 재빨리 입을 열었다.

"동생이 걱정되는 거지?"

"……뭐?"

"약해 빠진 동생이 맞고 다닐까 봐 걱정돼서 저승으로 못 가는 거잖아. 그게 네가 원귀가 된 이유였어! 네 동생이 누구야? 내가 직접 찾아가서 잘 지내고 있는지 확인해 볼 테니까 네 동생이 누군지 알려 줘."

"……내 동생?"

"그래, 네 동생."

"내가 그 녀석을 걱정한다고? 친구들한테 놀림을 당했다는 이유로 학교도 안 가고 방구석에만 틀어박혀 있던 그 소심한 녀석을?"

시온의 말에 원귀는 그제야 자신의 미련이 무엇인지 깨달은 듯 두 눈을 크게 떴다. 저승으로 가지 못하고 이승을 헤매던 질긴 미련. 그건 바로 약해 빠진 자신의 동생이었다. 원귀의 얼굴이 울 듯이 일그러졌다. "내 동생은, 내 동생은……" 하고 중얼거리던 원귀가 서둘러 입을 열었다.

"내 동생은!"

원귀가 동생의 이름과 학교를 외쳤다. 시온이 그런 원귀를 향해 힘껏 고개를 끄덕였다. 더 이상 버틸 수 없었다. 손가락에서 점점 힘이 빠졌다. 시온이 한마디 한마디에 힘을 주며 대답했다.

"약속할게. 내가 꼭 가 볼게. 가서 형이 걱정하더라고, 그렇게 전해 줄게. 그러니까 울지 마."

시온의 말을 듣고서야 원귀는 자신이 울고 있다는 사실을 알아차렸다. 부릅뜬 눈으로 눈물을 뚝뚝 흘리던 원귀가 마침내 검은 소용돌이 속으로 빨려 들어갔다.

원귀를 집어삼킨 소용돌이는 조금씩 작아지더니 이윽고 자취를 감추었다. 준서의 가방 안에는 저승으로 통하는 입구 대신 평범한 책과 필통이 자리했다.

"너 도대체 뭐 하는 거야!"

준서가 버럭 소리를 질렀다. 시온은 마지막으로 보았던 원귀의 얼굴을 떠올리며 준서를 돌아보았다. 시온이 두 눈을 사납게 치떴다. 그 기세에 놀란 준서가 흠칫하며 한발 물러섰다.

"네가 왜 불만 민원이 많은 줄 알겠어, 백준서."

"뭐?"

멍하게 되묻던 준서가 이내 언성을 높였다.

"야! 너 공무원이라는 직업이 얼마나 힘든지 알기나 해? 한 사람, 한 사람 다 사정을 봐주다가는 원칙이 무너진다고! 원칙이 무너지면 시스템이 무너지고, 시스템이 무너지면 나라가……. 야, 이시온! 너 내 말 듣고 있냐!"

시온이 쌩하니 찬바람을 일으키며 등을 돌렸다. 때마침 눈을 뜬 성훈이 어리둥절한 얼굴로 몸을 일으켰다.

"어? 내가 왜 바닥에 누워 있지?"

"넘어졌어. 기억 안 나?"

시온의 말에 성훈은 머쓱한 얼굴로 머리를 긁적였다.

"그랬나?"

고개를 갸웃거리며 엉덩이를 툭툭 털고 일어난 성훈이 준서를 쳐다보았다. 그러곤 쑥스러운 목소리로 말했다.

"준서야, 별일 없으면 오늘 우리 엄마 가게에 올래? 엄마가 생선 공짜로 주신대. 아! 호, 혹시 약속이 있으면 다른 날 와도 괜찮아."

"공무원이라 월급이 적긴 하지만 공짜에 환장할 정도로 양심이 없진 않아. 그냥 파격적인 할인을 해 달라고만 말씀드려."

"응? 공무원? 아, 부모님이 공무원이셔? 그래서 이사를 왔구나? 공무원들은 몇 년에 한 번씩 근무지가 바뀐다고 들었어. 우리 생선가게 단골 아저씨가 구청 공무원이거든."

성훈은 준서의 말을 전혀 의심하지 않고, 사람 좋은 얼굴로 웃었다. 가방을 둘러멘 준서가 성훈과 함께 왔던 길을 거슬러 갔다. 몇 걸음 걷던 준서가 문득, 걸음을 멈추고 시온을 돌아봤다. 못마땅한 목소리가 날아왔다.

"너는 안 가?"

두 눈을 동그랗게 뜬 시온이 이윽고 입꼬리를 당기며 환하게 웃었다.

"당연히 가야지! 나 생선 엄청 좋아하거든! 성훈아, 고등어도 있어?"

시온이 두 사람을 향해 뛰어갔다. 준서가 부루퉁한 표정으로 "흥" 하고 콧방귀를 뀌었다. 세 사람은 어깨를 나란히 한 채 붉게 물들기 시작하는 석양을 향해 나아갔다. 등 뒤로 그들의 그림자가 길게 늘어졌다.

짧은 평화

"우리 학교 학생일 줄이야. 그래서 그 원귀가 성훈이한테 들러붙었나 봐."

시온이 2학년 교실에서 내려오며 말을 건넸다. 준서는 아무런 대꾸도 없이 불만스러운 표정으로 걸음만 옮겼다.

"그래도 다행이지? 친구도 생긴 것 같고."

원귀의 남동생은 형을 잘 아는 사람이라는 시온의 말에 불신 가득한 표정을 지었다. 길을 가다 '도를 아십니까?'라는 말을 들은 사람처럼 의심스러운 눈으로 두 사람의 위아래를 훑어 내렸다. 그러다 한숨처럼 속삭였다.

"형이 나보고 자꾸 학교에 가라고, 언제까지 도망치기만 할 거냐고 화를 내길래 내가 갖고 싶었던 한정판 운동화, 그걸 사 주면 가겠다고 했거든. 그런데 며칠 뒤에 자고 일어났더니 머리맡에 그 운동화가 있더라. 정말 기뻤어. 형이 이 비싼 걸 어떻게 구했을까 싶더라고. 그때, 엄마한테 전화가 왔어. 형이 일하던 물류회사에서 화재가 발생하는 바람에 응급실에 실려 갔다고 말이야."

"그랬군요."

시온이 안타까운 표정으로 고개를 끄덕였다. 원귀의 마음이 이해되면서 가슴 한구석이 찌르르하고 울렸다.

"입은 험해도 다정한 형이었어. 내가 학교에 안 가고 방에 틀어박혔을 때는 나를 괴롭힌 애들을 가만 안 놔두겠다면서 쫓아가려는 걸 간신히 말렸었는데……. 그 뒤에는 나를 볼 때마다 '으이구, 저 등신' 하면서 욕을 하길래 이제는 나를 싫어하는 줄 알았어. 운동화를 볼 때마다 내가 형을 그렇게 만든 것 같아서……."

"평소에도 동생 자랑을 많이 했어요. 약한 게 아니라 착한 거라고. 그러니까 분명 지금도 원망 대신 걱정하고 있을 거예요."

남동생이 씁쓸하게 입꼬리를 당겼다. 우는 것도, 웃는 것도 아닌 기묘한 표정이 되었다. 그때, 교실 안에서 "우영아, 뭐해? 우리 이동수업이야" 하는 소리가 들렸다. 뒤를 돌아본 남동생이 시온과 준서를 향해 씩 웃고는 "그럼 잘 가"라고 인사했다.

한동안 말없이 걷던 시온이 불현듯 준서를 돌아보았다.

"너 어제 그 오빠한테 연락할 수 있지? 원귀들이 민원을 접수할 수 있으면 반대로 네가 원귀들한테 말을 전할 수도 있을 거 아냐? 아까 우영 선배가 한 얘기 그 오빠한테 꼭 좀 전해 줘."

"언제 봤다고 원귀한테 오빠래?"

"원귀 남동생이 나보다 나이가 많으니까 원귀도 오빠 맞지, 뭐. 그나저나 우영 선배 말 꼭 전하라고. 알았어?"

"에이, 귀찮은데."

준서가 머리를 득득 긁으며 심드렁하게 대꾸했다. 시온이 그런 준서를 향해 눈살을 찌푸렸다.

"칭찬 민원도 실적에 반영된다며? 네가 동생 안부를 전해 주면 어제 그 오빠가 가만있겠니? 최고의 저승사자라고 칭찬 민원을 넣지 않겠어?"

"최고의 저승사자?"

멍하니 시온의 말을 따라 하던 준서가 별안간 주먹으로 자신의 손바닥을 내리쳤다.

"최고의 저승사자란 말이지! 나한테 맡겨!"

준서가 의욕을 불태우며 시온을 앞질러 갔다. 준서는 곧장 가방에서 태블릿PC를 꺼냈고, 그 모습을 본 시온은 절레절레 고개를 저었다. 실적 하나에 울고 웃는 저승사자라니, 아무래도 공무원이나 되려던 자신의 장래희망은 변경해야 할 것 같았다.

"그나저나 공무원이 아니면 뭘 해야 하나? 진지하게 생각해 본 적이 없는데. 정말로 가영이랑 카페라도…… 응?"

자신의 자리로 향하던 시온이 우뚝 걸음을 멈추었다. 성훈의 책상 앞에 선 윤재가 눈을 부라리고 있는 게 보였기 때문이다. 성훈은 평소와 같이 잔뜩 주눅이 든 기세로 고개도 들지 못하고 자신의 손등만 내려다보았다.

"너……."

어금니를 꽉 깨물고 으름장을 놓으려던 윤재가 흠칫 놀라며 고개를 들었다. 눈이 마주친 시온이 주머니에 넣어 두었던 휴대폰을 꺼내 흔들었다.

"웃!"

화난 표정의 윤재가 시온을 노려보더니 이내 자기 자리로 돌아갔다.

시온은 휴대폰을 도로 주머니에 넣으며 씩 하고 웃었다.

*

"피망이세요?"

익숙한 목소리를 따라 고개를 돌리니, 오늘도 착실하게 중고거래 중인 준서가 보였다. 요즘 들어 너무 자주 마주치는 것 같았다. 시온은 판매자에게 인사하고 돌아서는 준서를 향해 걸어갔다.

"그건 뭐야?"

"또 너냐?"

시온이 입술을 삐죽였다. 누가 들으면 자신이 준서를 쫓아다니는 줄 알겠다. 시온은 공원으로 향하는 준서의 뒤를 졸졸 따라가며 눈을 흘겼다. 그러곤 손에 든 장바구니를 흔들었다.

"엄마 심부름 갔다 오는 길이거든? 이거 안 보여?"

그때, 지나가던 할머니가 시온을 보고는 알은체를 했다.

"아이고, 천수보살님 손녀 아니여? 가만 보자…… 이름이?"

"안녕하세요? 이시온이에요."

"그려, 시언이! 그나저나 천수보살님은 잘 계시어? 얼마 전에 손자 취직 때문에 법당을 찾아갔는데 문이 닫혀 있지 뭐여?"

"지금은 일 안 하세요. 신기가 다 닳으셨다고 법당 접으시고 고향으로 내려가셨거든요. 요즘은 농사짓느라 바쁘세요."

"아이고, 그렇구만. 이 근방에서는 천수보살님만큼 영험한 무당이 없는데 아쉽게 됐어. 천수보살님 보면 인사나 전해 줘. 춘식이 에미라고 하면 알 거여."

"예, 안녕히 가세요."

시온이 절뚝절뚝 걸어가는 할머니를 향해 고개를 숙였다. 한 발 떨어진 곳에서 두 사람의 대화를 듣고 있던 준서가 두 눈을 가늘게 떴다.

"너희 할머니 무당이셨어?"

"응."

시온이 대수롭지 않은 표정으로 고개를 끄덕였다. "아, 어쩐지" 하고 중얼거린 준서가 어려운 수학 문제의 답을 발견한 것처럼 후련한 표정을 지었다.

"그래서 너도 원귀들이 보이는 거 아냐? 원래 그런 능력은 한 세대를 걸러서 격세유전이 된다잖아."

"그런가?"

시온이 고개를 갸웃거리며 머리를 긁적였다. 때마침 두 사람 곁을 스쳐 지나가던 아저씨가 걸음을 멈추고 뒤를 돌아보았다. 반짝이는 정수리를 머리카락 몇 가닥으로 간신히 가린 아저씨는 시온을 보며 긴가민가한 표정을 지었다.

"어? 너 혹시 이 신부님 조카 아니니? 이름이 시……."

"안녕하세요, 시온이에요. 이시온."

"그래, 맞다, 이시온. 그런 이름이었지. 신부님 보러 성당에 자주 오더니 요즘에는 통 안 보이더구나."

"학교 다니느라 바빠서요. 올해 고등학생이 되었거든요."

"벌써 그렇게 되었나? 세월 참 빨라. 공부하느라 바쁘겠지만 성당에도 종종 놀러 오너라."

"예, 시간 날 때 갈게요."

"그래, 이 신부님도 네가 오면 좋아하시니까. 그럼 조심해서 들어가거라. 공부 열심히 하고."

"예, 안녕히 가세요."

꾸벅, 숙였던 허리를 편 시온이 저를 빤히 쳐다보는 준서와 눈이 마주치곤 고개를 갸웃거렸다. 준서가 또다시 두 눈을 가늘게 떴다.

"신부님?"

"우리 큰아버지가 신부님이셔. 저기 큰길 삼거리에 성당 있잖아? 거기 신부님."

시온이 이번에도 예사롭게 대꾸했다. 바쁘게 걸음을 옮기던 아줌마가 시온의 어깨를 툭 치고 지나갔다. 아줌마는 몇 발자국 더 걷고 나서야 "아이고, 미안해요"라며 뒤늦은 사과를 건넸다. 곧 시온과 눈이 마주친 아줌마의 눈동자에 반가움이 깃들었다.

"어머. 시온이 아니니? 오랜만이네."

"안녕하세요, 아줌마."

"안 그래도 지금 박 목사님 설교 들으러 가는 길인데, 너도 같이 가지 않으련?"

"저는 친구랑 약속이 있어서요."

시온이 엄지로 준서를 가리켰다. 아줌마가 두 눈을 크게 뜨더니 이내 호호호, 하고 웃음을 터뜨렸다.

"언제 이런 남자친구가 생겼니? 너도 다 컸구나."

"아니에요! 그냥 같은 반 친구예요!"

남자친구라는 말에 시온이 펄쩍 뛰었다. 그 모습에 아줌마가 다 안다는 듯한 눈웃음을 치며 시온의 팔을 툭 건드렸다.

"알았다. 방해하지 않으마."

아줌마가 가고 마치 교대라도 하듯 지팡이를 짚은 할아버지가 그 자리에 멈춰 섰다. 지팡이에 두 손을 올린 채 노안이 온 눈을 찌푸리던 할아버지가 시온을 뚫어지게 응시했다.

"맞구먼, 맞아."

주름진 입술 사이로 몇 개 없는 이가 보였다.

"법송 스님 조카가 맞구먼."

혼잣말을 중얼거린 할아버지는 시온의 인사를 받을 새도 없이 다시 위태로운 걸음을 옮기기 시작했다. 시온이 할아버지의 등 뒤에 대고 "안녕히 가세요. 삼촌한테 안부 전해 드릴게요!" 하고 소리쳤다. 고개를 끄덕이는 둥 마는 둥 하던 할아버지가 뒤도 돌아보지 않고 가던 길을 재촉했다.

"박 목사님은 누구고, 법송 스님은 또 누구야?"

"박 목사님은 우리 작은아버지고, 법송 스님은 막내 삼촌."

"하."

준서가 어이없는 표정으로 헛웃음을 터뜨렸다. 시온이 씁쓸한 미소를 흘렸다.

"나도 알아. 사람들이 우리 집 보고 콩가루 집안이래."

어릴 때부터 귀에 딱지가 앉도록 들은 말이었다. 준서는 그게 문제가 아니라는 듯 미심쩍은 눈으로 시온을 쳐다보았다.

"너희 아버지는 무슨 일을 하시는데? 어디 보자. 무당에 신부에 승려에 목사까지 나왔으니까 남은 건⋯⋯ 이슬람 종교지도자라도 되셔?"

"아니, 우리 아빠는 그냥 회사원인데?"

시온의 당당한 대꾸에 준서가 깊은 한숨을 내쉬었다. 반쯤 체념한 목소리가 시온을 향했다.

"할머니는 유명한 무당, 큰아버지는 천주교 신부님, 작은아버지는 기독교 목사님, 막내 삼촌은 스님. 야, 그 정도면 원귀를 못 보는 게 오히려 이상한 거 아냐?"

시온이 아리송한 표정으로 고개를 갸웃거렸다. 시온에게는 늘 원귀를 보는 게 이상한 일이었으니까. 그런데 원귀를 못 보는 게 이상하다니.

"그럼 나는 평범한 건가?"

"평범하고, 평범하지 않고. 그게 그렇게 중요해?"

준서가 걸음을 옮기며 심드렁하게 물었다.

"응. 나한테는 중요해. 남들이 보지 못하는 걸 본다는 이유로 왕따를 당했던 나한테는 말이야."

그 말에 준서가 처음으로 멈칫했다. 그답지 않게 할 말을 잃고 머뭇거리던 준서가 기어코 혀를 찼다. 그게 몹시 의외라 시온은 빙그레 미소를 지었다. 적당히 멀어서 편하다고 생각했던 준서와의 거리가 한 뼘쯤 줄어든 기분이었다.

미간을 찡그린 준서가 불퉁한 목소리로 말했다.

"남들이 보지 못하는 걸 보는 게 뭐가 이상한데?"

"이상하지."

"그건 그냥 네 특기일 뿐이야, 이시온. 우리 반 1등이 공부를 잘

하고, 내 짝이 그림을 잘 그리는 것처럼 그냥 네 특기일 뿐이라고."

"특기?"

시온은 생각지도 못한 말을 들었다는 듯 경악스러운 표정을 지었다. 한 번도 그런 식으로 생각해 본 적은 없었다. 특기라는 건 남과 비교해 잘하는 것을 의미한다. 다시 말해, 장점인 것이다.

시온은 여태 원귀를 보는 능력이 장점이라고 생각하지 않았다. 오히려 단점이자, 숨기고 싶은 능력이라고 여겼다. 그러니 그것이 특기라는 준서의 말은 시온에게 있어 세상이 뒤집히는 것만큼이나 충격적인 말이었다.

"걔들이 네 인생의 방향을 정하게 두지 마. 네 인생은 네 거야. 다른 사람의 눈치를 보면서 살 필요는 없어."

시온은 남의 눈을 너무 의식한 탓에 평범함에 강박적으로 집착했다. 무리에서 떨어질까 봐 전전긍긍했고, 남들과 똑같아지고 싶었다. 그러느라 어느새 '이시온다움'을 잃고 있었다. 가장 중요한 건 무엇보다 자신인데도 말이다.

"맞아. 어쩌면 나는 남들 시선에 맞춰서 살고 있던 걸지도 몰라. 그런데……."

순순히 인정한 시온이 거기서 잠깐 말을 끊었다. 그러다 자신의 민망함을 들키지 않으려 짐짓 퉁명스럽게 대꾸했다.

"백 살 넘은 할아버지라 그런가 잔소리가 엄청 심하네. 도대체 그 원귀는 언제 퇴치하려고 그러는 거야?"

"해, 한다고. 네가 방해만 안 했으면 벌써 퇴치했을 거야!"

"그래서 언제 실적 채우고, 언제 승진을 하겠어?"

"네가 말 안 해도 잘하고 있거든? 너는 백 살도 안 된 애가 왜 이렇게 잔소리가 심한데?"

방금까지 훈훈하던 분위기는 사라지고, 두 사람은 금세 티격태격하기 시작했다. 시온은 준서가 화살을 꺼내는 모습을 지켜보며 입을 가리고 킥킥 웃었다. 서로에게 관심을 가지지 않을 만큼 적당히 먼 거리도 좋았지만, 서로를 걱정할 만큼 적당히 가까운 거리도 좋았다.

✳

준서의 짝인 해미는 히죽히죽 웃는 준서를 보며 연신 고개를 갸웃거렸다. 준서의 시선은 내내 태블릿PC에 못 박혀 떨어질 줄 몰랐다.

"준서야, 뭐 좋은 일 있어?"

"아니. 아무 일 없어."

"에이, 좋은 일 있는 거 같은데? 왜 무슨 일인데? 나도 보면 안 돼?"

해미가 준서의 어깨너머로 고개를 쭉 뺐다. 준서는 즉시 태블릿

PC의 커버를 덮고 가방 안에 집어넣었다. 실망한 해미가 눈을 흘기며 고개를 원상복귀 시켰다.

시온은 입이 귀에 걸린 준서의 모습을 보며 '칭찬 민원이 분명해' 하고 생각했다. 반쯤 몸을 틀어 시온을 돌아본 석진이 시샘 어린 눈으로 준서를 노려보았다.

"쟤네는 백준서가 뭐가 좋다고 쉬는 시간마다 저 난리냐? 다음 주부터 시험이라는 건 알고 있는 건가?"

"와, 네 입에서 시험 얘기가 나오다니. 오늘은 해가 서쪽에서 떴나?"

창밖을 기웃거리며 능청을 떠는 시온의 핀잔에 석진이 대뜸 억울한 표정을 지었다.

"나도 시험 기간에는 공부하거든?"

"어제도 밤새 게임 했다고 하지 않았어?"

"내가 키우던 캐릭터 하나가 죽어서…… 아니, 그보다! 오늘부터 공부할 거야, 오늘부터! 방해나 하지 마!"

석진이 휙 하고 등을 돌려 앞을 바라보았다. 옆에 앉은 가영이 쿡쿡 웃음을 터뜨렸다. 시온에게로 바짝 몸을 기울인 가영은 비밀 이야기라도 하듯 작게 속살거렸다.

"엄마가 시험 못 쳐도 괜찮대. 성적 떨어져도 잔소리 안 한다지 뭐야. 그냥 건강하기만 하면 된대. 부럽지? 이게 다 그때 ㄱ 사건 덕분이야."

"가영이, 너⋯⋯."

시온이 목소리를 음산하게 깔았다. 화들짝 놀란 가영이 두 손을 휘휘 저었다.

"아니, 아니, 그렇다고 또다시 그런 짓을 한다는 게 아니라⋯⋯. 참, 엄마가 너 떡볶이 만들어준다고 같이 오라던데 시험 끝나고 우리 집 갈래?"

"좋아."

신이 난 기색으로 고개를 돌리던 가영이 멈칫했다. 가영의 작은 눈이 커다랗게 벌어지고, 잇새에서는 감탄 어린 목소리가 비어져 나왔다.

"역시 우리 반 1등은 달라. 연아는 쉬는 시간에도 공부하네."

시온도 교실 앞쪽으로 시선을 던졌다. 연아는 흘러내린 은테 안경을 밀어 올리며 책을 들여다보는 중이었다. 펜을 쥔 오른손이 부지런하게 움직였다.

시온이 짐짓 어른스러운 말투로 대꾸했다.

"원래 도전자보다 챔피언이 힘든 법이야. 최고의 자리를 지켜야 하거든."

"오오."

가영이 반짝이는 눈으로 시온을 돌아봤다. 시온은 "뭐가 오오야, 뭐가"라며 눈을 흘겼다. 혀를 날름 내밀며 웃은 가영이 "그럼 나도 전교 1등에 도전해 볼까?" 하며 책을 펼쳤다. 하지만 채 1분도 지나지 않아 "으아아" 하는 괴성을 지르며 책상에 엎드리고 말았다.

"괜찮아. 엄마가 건강하기만 하면 된다고 했어."

시온이 소리 내어 웃으며 가영의 머리를 헝클어뜨렸다. "으익!" 하고 괴상한 비명을 지른 가영이 손가락으로 머리를 빗었다. 이게 얼마나 공들인 스타일인데, 하는 투정은 모른 체했다.

그 사이, 수업 시작종이 울리고 담임이 들어왔다. 조금 전까지 와자하던 교실이 쥐 죽은 듯 조용해졌다. 교탁에 서서 교실을 죽 둘러본 선생님이 펼쳤던 책을 도로 덮으며 우울하게 말했다.

"오, 오늘은 자습이다. 조, 조용히 하고 각자 하고 싶은 공부를 하도록 해라."

생각지도 못한 발언에 시온이 두 눈을 동그랗게 떴다. 이 반의 담임인 강무진은 열정으로 가득 찬 국어 선생님이었다. 국어보다는 체육이 더 어울릴 듯한 외모에 늘 에너지가 넘쳤다. 담임의 사전에 자습이란 단어는 없었다.

놀란 건 시온 뿐만이 아니었던 모양이다. 아이들은 갑작스러운 자유 시간에 얼떨떨한 표정으로 서로의 얼굴만 바라보았다.

담임은 말없이 창가로 걸어갔다. 팔짱을 끼고서 벽에 어깨를 기댄 담임이 우울한 눈으로 창밖을 내다봤다. 땅이 꺼질 것 같은 한숨이 흘렀다. 아침까지만 해도 평소와 다름없던 담임은 흡사 인생의 막바지에 서 있는 사람처럼 침울해 보였다.

아이들이 머리를 맞댄 채 "무슨 일이야?" "쌤 왜 저래?" "실연이라도 당하셨나?" "방금 쌤이 말 더듬지 않았어?" 하며 소곤거렸다. 맨 앞줄에 앉은 성훈이 무심코 고개를 들다 두 눈을 동그랗게 떴다. 담임의 눈가에 눈물이 그렁그렁했던 탓이다.

그 순간, 시온의 눈에 담임의 어깨 위로 일렁거리는 검은 그림자가 보였다.

"아!"

저도 모르게 나직한 탄성을 터뜨린 시온이 휙 하고 고개를 돌렸다. 때마침 준서도 시온을 쳐다보았다. 두 사람의 시선이 마주쳤다. 시온이 당혹스러운 표정으로 '어떻게 해?' 하고 입 모양만으로 물었다. 준서가 재빨리 휴대폰을 꺼냈다.

시온의 휴대폰으로 메시지가 한 통 도착했다.

> 어중이떠중이 같은 놈이 하나 달라붙은 거 같은데, 기회가 왔을 때 잽싸게 해치우자. 약한 놈이라 굳이 화살까지는 안 써도 될 것 같아.

> 화살을 안 쓰면 어떻게 잡으려고?

> 네가 저 원귀를 잡아서 내 가방에 넣으면 돼.

"야!"

울컥, 화가 치민 시온이 고함을 질렀다. 반 아이들의 시선이 일제히 시온을 향했다. 담임이 눈살을 찌푸렸다.

"뭐, 뭐냐, 이시온."

"아니에요. 죄송합니다."

"자, 자습하라고 했는데 왜 이렇게 시끄러워? 조, 조용히 하고 얼른 공부나 해."

그렇게 말하며 담임은 마치 감시라도 하듯 책상 사이를 어슬렁어슬렁 걸어 다녔다. 시온은 점점 가까워지는 담임을 보며 "으으" 하는 신음을 흘렸다. 맨손으로 원귀를 잡고 싶진 않았다. 그렇다고 원귀에게 씐 담임을 모른 체할 수도 없었다. 적당히 착하고, 적당히 나쁜 보통의 사람은 매 순간이 선택의 갈림길이었다.

그 순간, 메시지가 도착했다.

지금이야!

결국 시온은 체념한 얼굴로 '떡볶이'라고 답을 보냈다. 머리 위로 동그라미를 그린 이모티콘이 날아왔다. 시온은 책을 보는 척하며 곁눈으로 담임을 흘깃거렸다. 그러다 담임이 시온의 책상을 지나는 순간, 조심스럽게 자리에서 일어났다. 시온이 담임의 어깨 위로 손을 뻗었다. 근처에 있던 아이들이 의아한 시선을 던졌다.

쉿.

조용히 하라는 신호를 보내자, 아이들은 시온이 짓궂은 장난을 치는 줄 알고 공범자의 얼굴을 했다. 킥킥, 소리 없는 웃음이 기대로 반짝였다. 시온은 일렁거리는 검은 그림자의 멱살을 잡았다.

"으아아아! 이, 이러지 마. 내, 내가 뭘 잘못했다고……. 그, 그냥 잠깐 다, 달라붙어 있었던 것뿐이야."

검은 그림자가 울먹이는 목소리로 비명을 질렀다. 그러나 준서와 시온을 제외하고는 아무도 그 소리를 듣지 못했다. 어느새 옆으로 다가온 준서가 가방을 열었다. 검은 소용돌이가 주둥이를 쩍 벌렸다. 시온은 빙글빙글 회오리치는 소용돌이 안으로 원귀를 집어 던졌다.

"아, 안 돼! 사, 살려줘! 으아아아!"

원귀가 경악한 표정으로 발버둥을 치더니 이윽고 거센 소용돌이 속으로 빨려 들어갔다. 무슨 영문인지 모르는 아이들이 "뭐야? 뭐야? 방금 뭘 한 건데?" 하고 물었다.

다음 순간.

"왜 이리 시끄러워! 다들 뭐 하고 있는 거야? 얼른 책 펴. 진도 나가자."

담임이 교탁 앞으로 걸어갔다.

"에이."

아이들이 실망한 기색으로 탄식을 흘렸다.

"에이는 무슨 에이야. 어제 어디까지 했지? 고등학교 1학년이라고 놀 생각만 하면 안 돼. 눈 깜빡하면 3학년이야. 그때 가서 후회하면 늦는다!"

담임의 우렁찬 목소리 사이로 가영이 시온의 옆구리를 쿡쿡 찔렀다. 그리고 "방금 뭐 한 거야?" 하고 물었다. 그 물음을 들은 것인지 근처에 있는 아이들이 귀를 쫑긋 세웠다. 시온이 대수롭지 않은 투로 어깨를 으쓱였다.

"선생님 어깨에 머리카락이 붙어 있어서 떼어 드린 거야. 나 그런 거 못 참잖아."

"정말? 에이."

가영이 실망한 기색으로 고개를 돌렸다. 그러다 갑자기 생각난 듯 "그런데 그걸 왜 준서 가방에 버려?" 하고 물었지만 "조용히 해!" 하는 담임의 으름장에 움찔 놀라 입을 다물고 말았다.

준서는 평소와 다름없는 태도로 교과서를 펼치고 있었다. 그제야 시온은 안도의 한숨을 내쉬며 가슴을 쓸어내렸다. 십 년 감수했네, 아무도 듣지 못할 혼잣말이 시온의 입 속에서 흩어졌다.

그 모습을 처음부터 끝까지 지켜보던 석진의 눈동자가 반짝거렸다. 석진은 조용히 입꼬리를 당겨 웃으며 책을 폈다.

우리 반
1등의 가출

"연아야, 공부하느라…… 너 지금 자니?"

책상에 앉아 꾸벅꾸벅 졸던 연아는 엄마의 날카로운 목소리에 놀라 두 눈을 번쩍 떴다. 간식 쟁반을 든 엄마가 두 눈을 매섭게 치뜬 채 연아를 노려보고 있었다.

연아는 잔뜩 주눅이 든 기색으로 머뭇머뭇 입을 열었다.

"너무 졸려서 잠깐……."

"네가 지금 제정신이니? 네 성적에 잠이 온다고? 그래서 서울대는 어떻게 가려고 그래?"

엄마의 말에 연아가 억울한 표정으로 반박했다.

"나 지금 우리 반 1등인데……."

"고작 반에서 1등 한 걸 가지고 유세 부리는 거니? 전교 1등 정도는 되어야 어디 나가서 얘기라도 할 수 있는 거야. 너희 언니나 오빠는 전교가 아니라 전국에서 놀았어."

엄마의 말이 비수가 되어 연아의 가슴에 꽂혔다. 자신도 최선을 다하고 있는데 알아주지 않는 엄마가 야속하기만 했다. 잘난 언니, 오빠와 비교당할 때마다 연아는 한 뼘씩 작아지는 기분이었다. 이러다 언젠가는 자신이 지구상에서 사라질 것 같았다.

그럼에도 불구하고, 연아는 아무 말도 하지 못한 채 죄인처럼 고개를 푹 숙이고 말았다. 그때였다.

"엄마, 무슨 일이야?"

시끄러운 소리에 연아의 언니인 연주가 방 안으로 불쑥 고개를 들이밀었다. 엄마가 보란 듯이 한숨을 내쉬며 푸념을 늘어놓았다.

"공부하는 줄 알았는데 앉아서 졸고 있지 뭐니? 정말 너랑 정태 반만이라도 닮았으면 걱정이 없을 텐데."

"공부에 소질이 없나 보지, 뭐. 그냥 둬요."

"그냥 두기는 뭘 그냥 두니? 이러다 연아만 서울대에 못 가면 내가 부끄러워서 어떻게 얼굴을 들고 다녀?"

"엄마도 참 극성이라니까."

연주가 고개를 절레절레 저으며 자신의 방으로 돌아갔다. 간식을 내려놓은 엄마가 침대에 앉아 팔짱을 꼈다. 연아가 소심한 표정으로 엄마의 눈치를 살폈다.

"엄마, 인 나가?"

"너 자는지 안 자는지 감시할 테니까 얼른 공부나 해."

"……알았어."

연아는 잔뜩 주눅이 든 기색으로 시선을 떨구었다. 책상 위에 놓인 시계를 힐긋 바라보았다. 시간은 어느새 자정을 넘어가고 있었다. 연아는 졸린 눈을 비비며 다시 펜을 잡았다. 등 뒤에 꽂히는 엄마의 시선이 따가웠다.

"엄마."

"하라는 공부는 안 하고 왜 또 불러?"

"만약 나 이번에 전교 1등 하면 강아지……."

"쓸데없는 소리 하지 마. 1분 1초가 아까운 마당에 강아지라니. 그래서 언니나 오빠처럼 서울대는 갈 수 있겠니? 1학년이라고 방심하지 마, 오연아."

"……알았어."

연아가 시무룩하게 눈을 내리떴다. 방 안에는 숨 막힐 듯한 침묵이 흘렀다. 문득, 가슴이 답답하게 조여 왔다. 두꺼운 쇠사슬이 온몸을 칭칭 감고 있는 것 같았다. 연아는 졸린 눈을 비비며 꾸역꾸역 문제집을 풀었다. 잠자코 있던 엄마가 마침 생각났다는 듯 "아, 참" 하고 중얼거리더니 방을 나갔다.

그제야 숨통이 트였다. 연아는 교도관의 감시에서 벗어난 죄수처럼 몇 번이고 숨을 몰아쉬었다. 금세 방으로 돌아온 엄마가 엄격한 목소리로 말했다.

"너 휴대폰 내놔."

"휴대폰은…… 왜?"

책상 위에 놓인 스마트폰을 빼앗듯이 낚아챈 엄마가 연아에게 구형 휴대폰을 건넸다. 연아는 낡은 휴대폰을 보며 눈살을 찌푸렸다.

"이게 뭐야?"

"보니까 너 종종 휴대폰 하느라 정신을 놓고 있던데, 그럴 시간이 어디 있니? 네 휴대폰은 엄마 주고 앞으로는 이거 써."

"이건 스마트폰이 아니잖아."

연아가 폴더 폰을 보며 울상을 지었다. 통화와 문자메시지를 보내는 것 말고는 아무것도 할 수 없는 휴대폰이었다. 심지어 누군가 사용하던 것인지 긁힌 자국이 여러 개 나 있었다.

"공부하는 애가 전화랑 문자만 보낼 수 있으면 되지, 뭐가 더 필요하니? 잔말 말고 엄마가 시키는 대로 해. 그것도 엄마가 너 위해서 피망마켓에서 어렵게 구한 거야."

"친구들이랑 단톡방……."

"그런 거나 하니까 성적이 그 모양이지! 네 언니랑 오빠는 고등학교 졸업할 때까지 휴대폰도 없었어!"

연아는 울며 겨자 먹기로 폴더 폰을 받았다. 머리를 식힐 때 찾아보던 강아지 동영상도, 친구들과의 단체 메시지도 더 이상 할 수 없었다. 눈물이 날 것 같았지만 연아는 입술을 꾹 깨물며 참았다. 여기서 울면 '네 언니나 오빠는'으로 시작하는 잔소리가 다시 처음부터 시작될 것을 알기 때문이었다.

고개를 돌리고 문제집을 펴자, 속눈썹에 맺혀 있던 눈물이 그제야 종이 위로 뚝 하고 떨어졌다. 아무리 크게 숨을 들이쉬어도 폐가 부풀지 않았다. 납덩이를 매단 것처럼 가슴 한쪽이 묵직했다. 감옥 같은 엄마의 감시 속에서 탈출하고 싶었다. 연아는 흐느낌을 삼키며 볼펜을 쥔 손에 힘을 꾹 주었다.

*

이상했다. 다 같은 시간인데, 유독 점심시간은 초침이 빠르게 흐르는 것만 같았다. 시온은 벌써 십여 분밖에 남지 않은 휴식 시간을 확인하곤 긴 한숨을 내쉬었다.

"이상해."

뜬금없는 준서의 말에 시온이 반색했다.

"너도 그렇게 생각해? 대체 점심시간은 왜 이렇게 짧은 걸까? 두세 시간쯤 되면 좋겠다."

준서가 무슨 뚱딴지같은 소릴 하느냐는 듯 한심한 눈으로 시온을 쳐다보았다. 그러다 다시 심각한 표정으로 중얼거렸다.

"요즘 빙의가 너무 잦은 것 같아."

"하긴 어제 담임 선생님한테도 원귀가 깃들었지? 아 참, 그런데 너 떡볶이는 언제 사 줄 거야? 원귀를 떼어내면 사 준다고 약속했잖아."

"어제 걔는 애초에 빙의는 꿈도 꿀 수 없는 약한 원귀인데, 담임한테 깃들었단 말이지."

준서는 시온의 말을 못 들은 척 제 할 말만 했다. 화를 내려던 시온이 귀를 쫑긋거리며 되물었다.

"약한 원귀라고?"

"내가 피망마켓을 하는 이유가 뭐겠어? 머물 곳을 찾아 떠도는 원귀들은 대부분 오래된 물건에 깃들기 때문이야. 사람에 빙의하려면 큰 힘이 필요해서 웬만한 원귀는 꿈도 못 꾼단 말이지. 의지를 가진 인간을 조종하는 게 쉬울 리가 없잖아."

"듣고 보니 그렇네."

"그런데 어제 담임한테 깃들었던 원귀는 네가 손으로 뗄 만큼 하찮았어. 그런 녀석이 빙의라니. 아무리 생각해도 말이 안 돼."

"그 원귀가 약한 게 아니라 내가 강한 거 아닐까?"

시온이 조심스럽게 자신의 의견을 피력했다. 준서는 이번에도 역시 못 들은 척 자신의 말만 했다.

"성훈이에게 빙의됐던 원귀가 마지막에 했던 말 기억해?"

"무슨 말?"

"비좁은 운동화에 갇혀 있다가 '개의 도움'을 받아 겨우 자유를 얻었다고 했었잖아."

시온은 끙끙거리며 기억을 끄집어내려고 애썼다. 그랬던 것 같기도 하고, 아닌 것 같기도 했다. 시온이 준서에게 의아한 시선을 던졌다. 준서는 이미 허공을 올려다보고 있었다.

"그런데 '개'가 누구일까?"

"그건 모르지만, 한 가지는 분명해. 무슨 일이 벌어지고 있다는 거. 그것도 이 학교 안에서 말이야."

덩달아 허공으로 시선을 던지던 시온이 벽 위에서 스멀거리는 검은 덩어리를 쏙 잡아당겼다. 준서가 기다렸다는 듯 가방을 열었다. 어느새 두 사람은 아무 말 하지 않고도 오랫동안 손발을 맞춘 콤비처럼 죽이 척척 맞았다.

"으아악! 설마 너희들이 원귀를 두드려 패고 다닌다는 피도 눈물도 없는 저승사자였냐?"

"피도 눈물도 없는 저승사자?"

시온이 검은 소용돌이 속에 원귀를 밀어 넣으며 고개를 갸웃거렸다. 원귀는 방대한 힘에 끌려가지 않으려는 듯 시온의 손에 찰싹 달라붙었다. 서늘한 느낌에 심장이 쿵 하고 내려앉았다. 이 불쾌한 느낌은 아무리 반복해도 익숙해지지 않았다.

낮게 혀를 찬 준서가 화살을 꺼내 뾰족한 촉으로 원귀를 쿡쿡 찔렀다.

"으악, 으악, 아파! 아프다고!"

"빨리 안 들어가? 좋은 말로 할 때 들어가라. 화살로 네 머리통을 박살 내기 전에."

"으아아악!"

원귀가 비명을 지르며 검은 소용돌이 안으로 빨려 들어갔다. 충계참에는 깊은 적막이 찾아왔다.

"음."

"왜? 뭐?"

화살을 챙겨 넣던 준서가 시온의 불온한 시선을 눈치채곤 눈살을 찌푸렸다. 피도 눈물도 없는 저승사자가 여기 있었구나, 소리 없는 혼잣말을 삼킨 시온이 "아니야" 하며 고개를 저었다. 그 말을 했다가는 준서가 저까지 화살촉으로 꾹꾹 찌를 것 같았기 때문이다.

때마침 수업 시작종이 울렸다. 두 사람은 서둘러서 교실로 돌아갔다.

시온은 멍하니 책상을 내려다보며 생각에 잠겼다. 준서가 한 말이 자꾸만 머릿속에서 맴돌았다. 왠지 엄청난 일에 말려들었다는 예감이 들었지만, 예전만큼 거부감이 들지는 않았다.

"특기라."

시온은 그 말이 마음에 들었다. 여태 잘하는 게 하나도 없다고 생각했던 자신에게 특기가 있다는 사실이 말이다. 게다가 원귀의 마음을 달래는 능력은 순서보나도 자신이 더 뛰어난 것 같았다.

"시온아, 시온아, 그 얘기 들었어?"

그때, 가영이 헐레벌떡 뛰어왔다.

"무슨 얘기?"

"내가 방금 교무실에 갔다가 들은 건데 말이야."

주위를 둘러보던 가영이 갑자기 목소리를 낮췄다. 보나 마나 별 얘기 아닐 거라고 생각하며 시온은 심드렁하게 고개를 끄덕였다.

"어제부터 연아가 학교에 안 나오고 있잖아?"

"응. 독감에 걸렸다며? 하필 시험 기간에 독감에 걸려서 어쩐 대? 우리 반 1등인데."

"그게 아니야."

"응? 독감이 아니라고?"

"그게 아니라, 사실은 연아가……."

거기서 말을 끊고 잔뜩 뜸을 들이던 가영이 시온의 귓가에 손을 갖다 댔다. 숨소리보다도 작은 목소리가 시온의 귓속을 파고들었다.

"연아가 가출했대."

"뭐?"

시온은 오늘 해가 서쪽에서 떴다는 말을 들은 것보다 더 놀란 얼굴로 가영을 돌아봤다. 가영이 그럴 줄 알았다는 듯 회심의 미소를 지었다. 하얗고 말랑말랑한 두 뺨이 발긋하게 상기되어 있었다.

"방금 수학 선생님 심부름으로 교무실에 갔는데, 어떤 아줌마가 울고불고 난리인 거야. 무슨 일인가 궁금해서 청소하는 척 몰래 엿들었는데, 그분이 연아 엄마인 거 있지? 연아가 이틀째 집에 안 들어왔다며 담임 쌤을 붙잡고 우시더라고. 쌤이라고 뭘 어쩌겠어? 난감한 얼굴로 고개만 끄덕이지. 난 우리 쌤이 그렇게 조용한 모습은 처음 봤지 뭐야? 근데 연아가 가출이라니 무슨 일이지?"

시온은 맨 앞줄 빈자리에 시선을 던졌다. 연아는 어느 반에나 한 명쯤 있는 공부 잘하는 모범생이었다. 또래보다는 선생님들에게 인기가 더 많고, 어른들 말에 반항이라곤 해 본 적 없을 것 같은 소심한 우등생.

교실은 평소와 다를 바가 없었다. 남자아이들은 여전히 시끌벅적하게 소리를 지르며 복도를 뛰어다녔고, 여자아이들은 준서를 빙 둘러싼 채 끊임없는 수다를 떨어댔다. 연아가 이틀째 결석 중이지만 누구도 관심을 갖지 않았다. 연아에게 관심이 있는 사람은 오직 선생님들뿐이었다.

"응? 이 반 1등은 오늘 결석인가?"

그런 선생님들도 연아를 이름으로 부르지 않았다. 1등. 그것이 연아를 일컫는 단어였다. 그럴 때마다 연아는 죄라도 지은 것 같은 얼굴로 고개를 푹 숙이곤 했다.

"방금 내가 한 말 비밀이다? 몰래 훔쳐 들었다는 걸 들키면 나 선생님한테 혼난단 말이야. 그리고 연아도 괜한 소문 나서 좋을 게 없고."

가영은 시온에게 입단속을 하라며 몇 번이고 다짐을 받았다. 시온은 긴 한숨을 내쉬며 고개를 끄덕였다. 어쩐지 마음이 좋지 않았다.

＊

"야, 백준서!"

집으로 돌아가던 시온은 익숙한 뒷모습에 목소리를 높였다. 저만치 앞서가던 준서가 걸음을 멈추고 뒤를 돌아봤다. 흘러내린 가방을 추켜 멘 시온이 걸음을 빨리했다. 시온의 눈동자가 호기심으로 반짝거렸다.

"또 중고거래하러 가?"

그 말에 준서가 흥 하고 콧방귀를 뀌었다. 턱을 치켜드는 게 잘난 체를 하려는 것 같았다. 아니나 다를까, 잔뜩 거드름을 피우는 목소리가 흘러나왔다.

"나 요즘 실적이 엄청 좋아. 우리 과에서 1, 2위를 다툰다고. 얼마 전에는 우리 청소과 과장님한테 칭찬도 받았어. 불만 민원이 줄고 칭찬 민원이 늘었다고, 이대로만 쭉 하라고 말이야. 8급으로 승진하는 것도 더 이상 헛된 꿈이 아니야."

"그게 누구 덕분이라고 생각해?"

"누구 덕분이긴. 내가 일을 잘한 덕분이지."

"말도 안 돼!"

준서의 심드렁한 대꾸에 시온이 두 눈을 부라렸다. 가느스름하게 뜬 눈으로 준서를 노려보던 시온이 "나 참" 하며 생색을 냈다.

"내가 진짜 내 입으로는 이런 말 안 하려고 했는데, 네가 끝까지 아무 말이 없으니까 내가 할게."

장황하게 서론을 늘어놓은 시온이 방금 준서가 그랬던 것처럼 팔짱을 끼고 턱을 치켜들었다.

"그게 다 내 덕분이라는 생각은 안 해 봤어?"

준서가 그게 무슨 말도 안 되는 소리냐는 듯 어이없는 표정을 지었다. 시온이 답답한 표정으로 자신의 가슴을 퍽퍽 내리쳤다.

"잘 생각해 봐. 너한테 칭찬 민원을 넣은 원귀들 말이야. 다 내가 도와준 원귀잖아."

"아니야."

준서가 단호하게 고개를 저었다. 시온의 목소리가 금세 부루퉁해졌다.

"그래? 그럼 너 혼자 잡은 원귀 중에도 칭찬 민원을 넣은 원귀가 있다고?"

"……당연하지."

준서의 대답이 한 박자 느렸다. 그것만으로도 단박에 거짓말이라는 걸 알 수 있었다. 시온이 한 손을 내밀며 당당하게 요구했다.

"떡볶이."

"뭐가?"

"앞으로 칭찬 민원 한 번에 떡볶이 하나. 어때, 싸지?"

"야, 저승세계 공무원 월급이 얼마인 줄 아나? 차라리 벼룩의 간을 빼 먹지 그래?"

"그래서 싫어? 그럼 앞으로는 협조 안 하고. 지금까지 했던 것처럼 너 혼자 열심히 해 봐. 사람 몸에 깃든 원귀도 네 손으로 뽑고, 칭찬 민원도 네 스스로 받아 보란 말이야."

뾰로통하게 쏘아붙인 시온이 걸음을 빨리했다. 저벅저벅 걸음을 내디디며 속으로 숫자를 셌다.

'셋, 둘, 하나.'

아니나 다를까, 등 뒤에서 짙은 한숨 소리가 날아왔다.

"……알았어."

이윽고 준서가 체념한 기색으로 고개를 끄덕였다. 키득거리며 뒤를 돌아본 시온이 "그럼 지금 당장 가자!" 하며 앞장을 섰다.

"저쪽에 내 단골 떡볶이집이 있어. 그리로 가자."

잠시 후, 시온은 배를 두드리며 떡볶이 가게를 나섰다. 만족스러운 표정의 시온과 달리 지갑을 들여다보는 준서의 얼굴은 똥 씹은 것 같이 구겨져 있었다.

"으아, 배부르다. 오랜만에 먹는 떡볶이라 그런지 더 맛있더라. 잘 먹었어, 백준서."

"너는 도대체 몇 인분을 먹냐?"

"이 집은 떡볶이 양이 적다고. 1인분이 정말로 1인분이라는 생각은 버려. 그리고 너도 많이 먹었잖아. 나 혼자 다 먹은 것처럼 말하지 마."

"그럼 내 돈 내고 산 건데 너 혼자 먹으려고 했냐? 억울해서라도 그렇게는 못 하지."

준서가 부루퉁한 얼굴로 툴툴거렸다. 떡볶이값으로 나간 만 원이 아까운 모양이었다. 피망마켓에서 중고물품 살 때는 만 원짜리도 척척 내면서 그깟 떡볶이 하나로 유세는, 하며 눈을 흘기던 시온이 퉁명스러운 목소리로 물었다.

"백준서, 네 문제점이 뭔 줄 알아?"

"내 문제점이라니?"

생뚱맞은 질문에 준서가 미간을 찌푸렸다. 나처럼 완벽한 저승사자에게 문제점이 어디 있냐는 듯 뻔뻔한 얼굴로.

"너는 나와 원귀의 인격을 너무 무시하는 경향이 있어. 오만하다고나 할까? 아니면 무례하다고 할까? 그러니 그렇게 불만 민원이 많지."

"너는…… 그래, 일단 너는 둘째 치고 원귀한테 인격이 어디 있냐?"

"원귀한테 인격이 왜 없어? 원귀도 죽기 전에는 사람이었다며? 저승으로 가지 못할 정도로 미련이 남았으면 원귀들에게도 사정이 있을 텐데 너는 그걸 들을 생각이 아예 없잖아."

"네가 잊었나 본데, 원귀 하나하나의 사정에 귀를 기울였다가는 시스템이 망가지고, 사회가 무너지고, 국가가……."

"됐어. 그 이야기는 귀에 딱지가 앉도록 들었어. 그러니까 내 말은……."

두 손으로 귀를 틀어막은 시온이 진절머리가 난다는 표정으로 잔소리를 퍼부었다.

"원귀를 퇴치할 땐 하더라도 조금만 더 인간적으로 대하라는 말이야. 이야기를 들어 주는 것 정도는 그리 어려운 일도 아니잖아."

원귀가 될 정도의 미련은 어떤 걸까? 시온은 감히 상상조차 할 수 없었다. 외모에 대한 콤플렉스가 분노로 변했던 은혜, 동생에 대한 걱정이 후회로 남았던 형. 어쩌면 그들에게 필요한 건 단지 이야기를 들어 줄 누군가가 아니었을까. 그랬다면 원귀가 되지 않았을 수도 있지 않을까?

"게다가 그편이 칭찬 민원을 받기도 쉬울걸?"

움찔. 그 말에 처음으로 준서가 반응했다. 왠지 모르게 직장인의 애환이 느껴져 시온은 고개를 돌리고 말았다. 그때.

"어? 쟤 연아 아니야?"

"연아?"

"우리 반 1등……."

거기까지 말하던 시온이 문득 입을 다물었다. 연아가 가출했다던 가영의 말이 떠오른 탓이었다. 저기에서 뭘 하는 걸까? 부모님과 선생님 말씀에 반항 한 번 안 해 본 것 같은 연아에게도 남모르는 고민이 있는 걸까?

"하긴, 고민 없는 사람이 어디 있겠어."

"음? 그런데 우리 반 1등은 왜 저런 걸 달고 다녀?"

"저런 거? 어?"

그제야 시온의 눈에도 연아의 등 뒤에서 스멀거리는 그림자가 보였다. 어쩐지 모범생이 가출했다는 게 이상하다고 했는데, 원귀에 홀린 모양이었다.

"또 사람한테 빙의했네."

미심쩍은 눈으로 연아를 보던 준서가 "가자!" 하고 말했다. 떡볶이를 얻어먹은 값은 하라는 듯 당당한 명령이었다. 무어라 반박하려던 시온은 하는 수 없이 준서의 뒤를 따라갔다. 어쨌든 원귀는 저승으로 돌려보내야 하니까.

내가 진짜로 하고 싶은 일

　연아의 뒤를 따르던 시온은 저도 모르게 눈살을 찌푸렸다. 등에서 어른거리던 검은 그림자는 조금씩 더 덩치가 커지고, 조금씩 더 선명해졌다. 시온은 이 느낌을 알고 있었다. 시간이 흐를수록 짙어지던 성훈의 그림자가 딱 이랬다.

　"연아도 원귀에게 잡아먹히는 거야?"

　"지금 당장은 아니겠지만, 이대로 방치하면 언젠가는 그렇게 되겠지. 오연아!"

　시온의 말에 대답하던 준서가 불쑥 소리쳤다. 몇 발자국 앞에서 걷던 연아가 걸음을 멈추고 뒤를 돌아보았다. 연아는 시온과 준서를 알아보지 못하는 눈치였다. 이미 원귀가 몸을 장악한 모양이었다. 기분 탓인지, 성훈보다 진행 속도가 빠른 것 같았다.

　"어디 가냐? 학교도 안 나오고. 선생님이 너 걱정하시더라."

준서의 태연한 물음에 연아의 기세가 살짝 누그러졌다. 시온은 빙글빙글 웃으면서 연신 틈을 살폈다. 원귀가 삐져나온 구석이 있다면 당장이라도 잡아당기려는 듯 손가락을 풀면서.

"아, 며칠 감기에 걸렸어."

"그래? 확실히 얼굴이 안 좋아 보이긴 한다. 그런데……."

거기서 잠깐 말을 끊은 준서가 싱긋 웃었다.

"원귀도 감기에 걸리던가?"

그와 동시에 시온이 옆구리에 살짝 삐져나온 검은 그림자를 움켜쥐었다.

"잡았어!"

"악!"

원귀가 비명을 질렀다. 시온은 힘껏 원귀를 당겼다. 검은 그림자가 점점 연아의 몸 밖으로 끌려 나왔다. 활을 꺼내려던 준서가 지나가는 사람들을 의식하곤 시온에게 빠르게 중얼거렸다.

"여기서 활을 꺼내는 건 무리야. 네가 원귀를 힘으로 가방에 밀어 넣어. 전에 선생님한테 달라붙었던 원귀에게 그랬던 것처럼."

"싫어! 나를 저승으로 보내지 마! 나는, 나는 이대로 가고 싶지 않아! 나는…… 아직!"

강제로 원귀를 떼어내던 시온이 멈칫했다. 준서가 그런 시온을 향해 "뭐 해? 어서 원귀를 집어넣지 않고!" 하며 다그쳤다. 이미 준서의 가방은 시커먼 소용돌이를 품고 있었다.

시온은 연아의 몸에서 반쯤 나온 원귀를 쳐다보았다. 예전에는 행여 눈이라도 마주칠까, 제대로 쳐다보지 못했던 원귀의 얼굴을 이제는 똑바로 응시할 수 있게 됐다. 원귀는 시온과 비슷한 또래의 여자아이였다. 커다랗게 쌍꺼풀진 눈, 한쪽만 팬 보조개. 원귀가 슬픈 표정으로 울고 있었다. 눈물은 흐르지 않았지만, 정말로 우는 것 같았다.

시온의 손에서 힘이 빠졌다. 준서가 "야, 이시온!" 하고 소리쳤지만, 시온은 두 손을 탁탁 털며 입을 열었다.

"왜 이승을 떠나지 못하고 있어? 너의 미련은 뭐야?"

원귀는 시온이 그런 질문을 할 거라곤 생각도 못 했는지 잠깐 놀란 표정을 지었다. 힘으로 시온을 이길 수 없다고 판단한 원귀가 순순히 대답했다.

"난 부모님 말씀에 한 번도 거역한 적이 없었어. 부모님이 공부하라면 하고, 학원에 가라면 학원에 갔어. 성적을 올리기 위해 열심히 공부했고, 시험 기간에 밤을 새우는 건 당연한 일이었어. 그런데 내가 정말로 하고 싶은 일은 그게 아니었어."

"네가 정말로 하고 싶은 일은 뭐였는데?"

시온은 원귀의 이야기에 귀를 기울였다. 준서는 조금 전까지 사납게 반항하던 원귀가 얌전해진 모습을 물끄러미 쳐다보았다. 원귀의 이야기를 들어 주는 게 어떻겠냐던 시온의 말이 떠올랐다. 어쩌면 이번에는 시온의 말이 옳을지도 몰랐다.

"음악."

"음악?"

"응. 내가 만든 노래를 사람들에게 들려주고 싶었어. 하지만 엄마가 무서워서 한 번도 말해 본 적이 없었어. 엄마 몰래 동아리 시간에 기타를 배우고, 작곡을 했어. 그 시간이 얼마나 행복했는지 몰라. 이렇게 갑자기 죽을 줄 알았다면, 엄마한테 음악을 하고 싶다고 말이라도 해 볼걸, 그런 생각에 도저히 저승으로 갈 수 없었어."

"흐음."

어쩌면 사람은 누구나 후회를 하는지도 모른다. 아마 시온도 죽는 순간에는 했던 일보다 하지 않았던 일이 더 많이 기억에 남을 것이다. 그래도 하고 싶은 일이 있다는 원귀는 시온보다 처지가 나았다. 시온은 뭘 해야 할지조차 알지 못했으니까.

"좋아!"

시온이 산뜻하게 외쳤다. 원귀가 두 눈을 동그랗게 떴고, 준서가 불안한 표정을 지었다. 시온이 준서를 돌아보며 말했다.

"한 시간만 기다려 줘."

"도대체 뭘 하려고?"

"가자!"

시온이 연아의 손을 삽고 걸었다. 원귀는 어리둥절한 표정을 짓다가 다시 연아의 몸으로 쏙 들어갔다.

"아, 그런데!"

시온이 마침 생각났다는 듯 원귀를 돌아보았다. 원귀는 시온의
마음이 변했나 싶어 긴장한 표정으로 몸을 움츠렸다. 시온이 시원
스레 웃었다.

"너는 이름이 뭐야?"

준서는 두 손을 주머니에 찔러넣고, 시큰둥한 얼굴로 주위를 둘
러보았다. 공원이었다. 시온과 만난 바로 그 공원.

"여기는 왜 왔어?"

"응? 아, 왜 왔냐면…… 저기 있다!"

주변을 두리번거리던 시온이 한 곳을 가리키며 환하게 웃었다.

"여기서 잠깐 기다려."

그 말을 남긴 시온이 한 남자에게로 걸어갔다. 악보를 넘기며
다음 곡을 고민하는 버스커에게. 그는 시온이 공원에 올 때마다
언제나 이곳에서 버스킹을 하고 있었다. 관객이 있든 없든 같은
자리에서 노래를 불렀다. 여기서 준서를 처음 만난 날도 그랬다.

"안녕하세요."

시온의 인사에 남자가 고개를 들었다. 흘러내린 안경을 슥 밀어
올린 그가 친절하게 웃으며 "아아, 혹시 신청곡 있어요?" 하고 물
었다.

"실은 제 친구도 꿈이 가수인데, 혹시 여기서 노래 한 곡만 해

봐도 되나요?"

생각지 못한 부탁에 두 눈을 크게 뜬 남자가 선뜻 고개를 끄덕였다. "감사합니다!" 하고 인사한 시온이 저만치 서 있는 두 사람을 향해 손을 흔들었다.

"이솜아, 이리 와! 노래 불러도 된대! 허락해 주셨어."

"어……."

원귀는 당황한 기색이었다. 검은 그림자가 갈피를 잡지 못하고 이리저리 흔들렸다. 준서는 이럴 줄 알았다는 듯 거하게 한숨을 내쉬었다.

"가자. 쟤 오지랖은 나도 못 이겨."

준서가 앞장섰다. 원귀가 머뭇거리며 따라갔다. 하지만 일렁이는 눈동자에는 미처 숨기지 못한 기대감이 어려 있었다.

"기타 칠 줄 알아요? 아니면 내가 반주해 줄까요?"

남자가 이솜에게 물었다. 원귀는 쑥스러운 듯 고개를 숙이며 "칠 줄 알아요" 하고 작은 소리로 대답했다. 남자가 메고 있던 기타를 풀어서 건넸다. 그리고 자신이 앉아 있던 의자까지 양보해 주었다.

"나는 맨 앞에서 들어야지!"

시온이 바닥에 털푸덕 주저앉아 두 손에 턱을 괴었다. 그러곤 눈이 마주친 원귀에게 "파이팅!" 하고 속삭였다. 떨리는 기색으로 기타를 맨 원귀가 가만히 줄을 튕겼다. 마이크를 당겨 위치를 조정하고 "음음" 헛기침을 했다. 준서와 남자는 한 발짝 떨어진 곳에서 각자 팔짱을 끼고 그 모습을 지켜보았다.

"안녕하세요, 윤이솜입니다."

"와아!"

짝짝짝!

시온이 박수를 쳤다. 그러다 멀뚱멀뚱 서 있는 준서에게 눈을 흘겼다. 준서가 마지못해 짝짝짝 손뼉을 쳤다.

"제가 작곡한 노래 〈우주의 아이〉를 들려 드리겠습니다."

원귀의 손가락이 움직였다. 긴장한 듯 뻣뻣하게 굳어 있던 손가락이 이내 능숙하게 움직이기 시작했다. 이솜은 두 눈을 감고, 노랫말을 읊조렸다.

"밤하늘의 별도 자신만의 색으로 빛나고, 들판에 빛나는 꽃도 자신만의 색으로 피었는데, 나는 무슨 색인지 알 수가 없어요."

이솜의 자작곡은 화려한 기교가 섞인 노래는 아니었다. 엄청난 가창력이 필요한 노래도 아니었다. 마치 담담하게 읽어 내리는 일기 같았다.

시온은 천천히 눈을 감았다. 그리고 이솜의 목소리에 귀를 기울였다.

"하지만 나는 별보다, 꽃보다 못한 존재가 아니에요. 나는 우주의 아이. 우주에서 오직 하나뿐인 아이."

부드럽게 이어지던 노랫말이 끝나고 이솜이 눈을 떴다. 그리고 깜짝 놀란 듯 숨을 들이켰다.

짝짝짝!

박수 갈채가 터져 나왔다. 처음에 두 명으로 시작했던 박수가 어느새 열몇 명으로 늘어나 있었다. 이솜은 쑥스러운 듯 시선을 떨구며 얼굴을 붉혔다.

"와! 노래 잘하네요. 가수예요?"

"아니요."

이솜은 서둘러 기타를 벗어 남자에게 건네며 웅얼거리듯 "감사합니다" 하고 인사했다.

"처음 듣는 노랜데 누구 노래예요?"

"제 친구가 작곡한 노래예요! 작곡가이자, 작사가이자, 가수의 이름은 윤이솜이구요!"

시온이 자랑스러운 표정으로 대답했다. 가수. 이솜은 그 말에 울 것 같은 표정을 지었다. 입술을 꾹 깨물고, 일렁이는 눈으로 시온을 바라보았다.

"응원할게요."

젊은 여자 관객이 빙긋 웃고는 공원 안으로 걸어갔다.

"이야, 딱 한 곡 불렀는데도 나보다 반응이 더 좋은데? 한 곡 더 부를래요?"

"아니에요. 감사합니다."

이솜은 남자를 향해 다시 한번 고개를 숙이고 시온과 준서를 향해 걸어왔다. 이솜이 환하게 웃으며 고개를 끄덕였다. 이제 자신이 가야 할 곳으로 가겠다는 의미였다. 마주 보던 시온이 씩 웃어 주었다.

세 사람은 나란히 공원 안으로 걸어갔다. 인적 드문 숲속에서 멈춰 선 이솜이 시온을 돌아보았다. 준서는 가방을 꺼내 저승으로 통하는 차원의 문을 열었다.

"고마워, 시온아. 덕분에 편한 마음으로 갈 수 있겠어."

"나도 고마워. 네 1호 팬이 될 수 있어서. 노래 정말 좋더라. 〈우주의 아이〉, 오래오래 생각이 날 것 같아."

"난 이만 갈게. 시온이 넌 하고 싶은 일 다 하고 오길 바랄게."

"응."

"준서야, 기다려 줘서 고마워."

"뭐, 딱히 할 일이 없어서."

준서가 콧잔등을 긁적이며 머쓱하게 대답했다. 조용히 미소 짓던 이솜이 "그럼 안녕. 또 만나" 하고 인사했다. 이솜은 연아의 몸에서 스르르 빠져나오더니, 자진해서 가방 안으로 뛰어들었다. 거칠게 흔들리던 가방이 잠잠해지고, 이내 저승으로 통하는 문 대신 필통과 책이 나타났다.

그와 동시에 연아가 힘없이 풀썩 쓰러졌다. 시온은 깜짝 놀란 얼굴로 쓰러진 연아를 안았다.

"연아야!"

"으음……."

연아가 나직한 신음과 함께 천천히 눈을 떴다. 가방을 챙긴 준서가 두 사람을 향해 뚜벅뚜벅 걸어왔다. 주위를 두리번거리던 연아가 당황한 얼굴로 바닥을 더듬었다. 시온이 연아의 옆에 굴러다니는 안경을 주워 건넸다.

은테 안경을 쓴 연아가 두 사람을 알아보곤 두 눈을 크게 떴다.

"어? 시온아. 준서야. 너희가 어째서…… 그런데 여긴 어디야? 내가 왜 여기 있어?"

"가자. 집에 데려다줄게. 일어날 수 있겠어?"

"응, 일어날 수는 있는데. 나 혼자서 가도 돼."

연아는 가영이 그랬던 것처럼 무슨 일이 있었는지 기억하지 못했다. 어쩌면 그게 다행인지도 몰랐다. 세 사람은 어색한 침묵 속에서 걸음을 옮기기 시작했다. 연아는 땅만 보며 걸었고, 준서는 무관심한 얼굴로 몇 걸음 앞서갔다.

시온이 연아의 눈치를 살피며 조심스럽게 입을 열었다.

"너 가출했다며?"

"……응."

잠시 머뭇거리던 연아가 시무룩한 얼굴로 고개를 끄덕였다. 거짓말을 해도 소용없다는 걸 알고 있는 것처럼. 시온은 자신의 짐작이 맞았음을 알고 조용히 한숨을 삼켰다. 연아의 가출은 윈거와 상관없는 연아의 의지였다.

"너처럼 얌전한 아이가 무슨 일로 그렇게 과감한 행동을 했니?"

그 말에 연아의 얼굴이 한층 더 풀 죽은 기색을 띠었다. 시온이 얼른 두 손을 저었다.

"아니야. 얘기하고 싶지 않으면 안 해도 돼."

준서를 힐끔 쳐다본 연아가 작은 목소리로 입을 열었다. 준서는 두 사람의 대화에는 전혀 관심이 없었다. 입꼬리가 슬쩍 올라간 걸 보니, 원귀가 전해 줄 칭찬 민원을 생각하며 들떠 있는 게 분명했다.

"내가 공부를 못 해서."

연아의 말에 시온이 두 눈을 동그랗게 떴다. 새끼손가락으로 귀를 후비던 시온은 자신이 잘못 들은 게 아니라는 사실을 깨닫고 경악한 표정을 지었다.

"뭐? 네가 공부를 못 한다고? 우리 반 1등인 네가? 그럼 나랑 준서는 나가 죽으라는 말이니?"

"야, 가만히 있는 나는 왜 끌어들여? 나 공부 잘하거든?"

난데없이 튄 불똥에 준서가 발끈하며 덤벼들었다. 두 사람이 티격태격하는 모습에 연아가 자그마한 웃음을 터뜨렸다. 그러다 금세 우울한 얼굴로 덧붙였다.

"우리 언니랑 오빠는 고등학교 시절 내내 전교 1등을 도맡아 했거든. 그리고 둘 다 현역으로 서울대에 들어갔어. 그런데 나는 반

에선 1등이지만 전교 1등은 아니니까 엄마가 매일같이 화를 내. 나는 최선을 다하고 있는데, 엄마 눈에는 노는 것처럼 보이나 봐. 이 세상에 나를 사랑해 주는 사람은 아무도 없어."

애써 담담하게 중얼거리는 연아의 목소리 끝이 희미하게 떨렸다. 시온은 선뜻 입을 열지 못했다. 무슨 말로 위로해야 할지 알 수 없었던 탓이다. 이럴 때는 그저 묵묵히 이야기를 들어 주는 것밖에 할 수 있는 일이 없었다.

"엄마는…… 음, 내가 공부를 못 하면 나를 싫어할지도 모르거든."

"에이, 설마."

"진짜야. 서울대에 가지 못하는 자식은 엄마에게 부끄러운 존재래. 그 말을 듣고 우울해서 집을 나왔는데…… 사실 그 뒤의 일은 기억이 잘 안 나."

연아가 고개를 떨구었다. 시온은 연아의 속눈썹에 매달린 눈물방울을 보며 조용히 한숨을 내쉬었다.

"많이 슬프고 속상했겠구나."

"응. 슬프고 속상했어. 사실 나는 공부를 잘하고 싶지도 않고, 서울대에 가고 싶지도 않거든. 아마 지금쯤 엄마는 공부 못 하는 내가 없어져서 속 시원해하고 있을걸?"

"그럴 리 없어."

"네가 몰라서 그래. 우리 엄마는……."

"너희 엄마가 교무실에서 우리 담임 쌤을 붙잡고 펑펑 우셨다고 하던데?"

시온이 연아의 말을 싹둑 잘랐다. 반쯤 넋이 나간 얼굴로 두 눈만 깜빡이던 연아가 이내 고개를 절레절레 저었다.

"우리 엄마가? 에이, 말도 안 돼. 분명 잘못 본 걸 거야. 난 태어나서 엄마가 우는 모습은 단 한 번도 보지 못했는걸?"

"그만큼 네가 걱정되셨던 모양이지. 처음으로 눈물을 흘릴 만큼 말이야."

"……그럴까?"

어느새 아파트 입구에 도착한 연아가 반신반의하는 표정으로 시온을 돌아보았다. 연아의 눈가에 다시 눈물이 맺혔다. 그런데 바로 그때.

"엄마, 그 몸으로 어디를 간다고 그래? 경찰에서 찾아보고 연락 준다고 했잖아."

"연아가 집에 안 들어오는데 내가 어떻게 가만히 앉아 있을 수 있니? 이거 놔."

연주의 팔을 뿌리치며 아파트 현관을 나서던 연아 엄마가 저만치에 서 있는 연아를 발견하고는 그대로 얼어붙었다. 다음 순간, 그녀의 잇새에서 비명 같은 부름이 터졌다.

"연아야!"

"엄마……."

연아가 잔뜩 주눅이 든 표정으로 쭈뼛쭈뼛 엄마를 불렀다.

"어디 다친 곳은 없니? 괜찮아?"

헐레벌떡 달려온 엄마가 두 손으로 딸의 뺨을 감싸고 천천히 얼굴을 훑어 내렸다. 그녀는 연아가 멀쩡한 걸 확인하고 나서야 폭풍 같은 눈물을 쏟아냈다. 당황한 표정을 짓고 있던 연아도 덩달아 울음을 터뜨렸다.

"엄마, 미안해. 으어어엉."

두 사람은 아파트 한가운데에서 서로를 부둥켜안고 엉엉 울었다. 지나가는 사람들이 두 모녀를 힐긋거렸지만, 둘 중 누구도 개의치 않았다. 글썽이는 눈으로 연아를 노려보던 연주가 뒤돌아서서 스윽 눈물을 닦았다.

"가자."

시온이 작게 속삭이며 팔꿈치로 준서의 옆구리를 쳤다. 준서가 짜증 섞인 표정으로 시온의 손등을 툭 쳤다.

"어허, 감히 누구 옆구리를 함부로 치는 거야. 이래 봬도 내가 백 살이 넘었다고. 동방예의지국이라는 말 모르냐? 장유유서는?"

"잔말 말고 따라오기나 해."

시온은 눈치 없는 준서의 팔을 끌고 아파트를 빠져나갔다. 어느새 해가 완전히 기울었고, 세상에는 옅은 어스름이 깔리기 시작했다. 시온은 등 뒤를 질기게 따라오는 울음소리를 들으며 슬그머니 입꼬리를 당겼다.

학교에 숨어든 악귀

　화장실에 다녀오던 시온은 교탁 근처에서 천천히 걸음을 늦추었다. 시끌벅적한 소음 속에서도 연아는 한껏 집중한 얼굴로 문제집을 풀고 있었다. 그런 연아의 정수리를 빤히 내려다보던 시온이 비어 있는 옆자리에 털썩 앉았다.

　연아의 어깨너머로 보이는 문제집에는 알 수 없는 숫자들이 난무했다. 슬쩍 보기만 해도 눈앞이 핑핑 돌며 어지러웠다. 이래서는 "21등이나 25등이나 거기서 거기"라던 가영의 말을 반박할 수도 없겠다.

　"시험도 끝났는데, 쉬는 시간까지 공부야?"

　"어? 아, 시온아."

　깜짝 놀란 듯 고개를 들던 연아가 시온을 발견하고는 수줍게 웃었다. 시온이 대수롭지 않은 투로 물었다.

"너희 엄마는 너를 붙잡고 그렇게 우시더니 아직도 서울대 가라고 닦달하셔?"

"뭐, 하루아침에 변하진 않겠지."

연아가 반쯤 체념한 투로 대답했다. 부모님으로부터 공부하라는 잔소리를 단 한 번도 들어 본 적 없는 시온은 적당한 대꾸를 찾지 못하고 그저 고개만 끄덕였다.

시온의 특이체질을 누구보다 잘 알고 있는 부모님은 시온에게 어떤 것도 강요하지 않았다. 부모님은 늘 시온의 선택을 존중했고, 언제나 시온의 삶을 응원했다. 시온의 장래희망이 공무원이라는 걸 알게 되었을 때도 엄마는 "그것도 나쁘지 않지"라고 고개를 끄덕였고, 아빠는 "네가 좋다면 말리지 않으마" 하고 대꾸했다.

그런데 그 소식을 전해 들은 할머니가 시온에게 전화해 이런 말을 했다.

"네 팔자에 나라의 녹을 먹는 관운은 없다. 괜히 공무원 한다고 허송세월 보내지 말고 네가 정말로 하고 싶은 것을 찾거라."

그리고 시온은 할머니의 말이 옳았음을 깨달았다. 치열하다는 공무원 시험의 경쟁률을 뚫을 정도로 공부를 열심히 자신도 없을뿐더러, 준서를 만난 뒤로 공무원에 대한 꿈이 시들해졌기 때문이다.

실은, 꼭 공무원이 되고 싶었던 건 아니다. 그지 공무원이 평범함의 상징처럼 느껴져 장래희망으로 택한 것뿐이었다. 어릴 때부터 남들과 달랐던 시온은 어떻게 해서든 평범한 사람이 되고 싶었다. 하지만 지금은 다른 사람들과 조금 달라도, 혹은 조금 특별해도 괜찮을 것 같았다. 그것까지 모두 포함해 '이시온'이니까.

그때, 연아가 시온의 귓가에 작은 소리로 소곤거렸다. 누가 들을까 봐 부끄러운 듯 소심한 눈동자가 연신 주변을 힐끔거렸다.

"근데 나도 이왕 하는 거 좀 더 열심히 해 보려고."

"뭐? 지금도 충분히 열심히 하는 것 같은데 여기서 더 열심히 한다고? 세계 제패라도 할 셈이야?"

"생각해 보니까 내가 그나마 잘하는 게 공부밖에 없더라고. 다른 애들은 이것저것 특기나 재능이 있잖아. 그런데 나는 막상 공부 말고 다른 걸 하려니 뭘 해야 좋을지 모르겠는 거 지? 그래서 일단은 조금 더 노력해 보기로 했어. 꼭 서울대에 가야겠다는 생각은 아니지만, 적어도 나중에 후회가 남지 않도록 말이야."

시온은 연아를 물끄러미 쳐다보았다. 연아는 부담감과 압박감을 떨쳐낸 듯 제법 후련해 보였다. 어쩌면 연아도 저처럼 자신을 있는 그대로 받아들이기로 했는지도 모르겠다는 생각이 들었다.

시온이 가볍게 어깨를 으쓱이며 대꾸했다.

"네가 그렇게 정했다면 내가 할 말은 없지."

"그리고 엄마가 압수했던 스마트폰을 돌려 주셨어. 대신 위치 추적 어플을 깔았지만. 게다가 강아지도 기르고 싶으면 기르래. 성적만 안 떨어지면 된대."

"음…… 잘 된 것 같기도 하고 아닌 것 같기도 하고, 어쩐지 애매하다?"

"잘 된 거야. 우리 엄마치고는 굉장히 양보한 거거든. 나도 이제는 내가 원하는 게 있으면 참지 않고 말하기로 했어. 말하지 않고 내 마음을 알아 주길 바라는 것보다는 다투더라도 대화로 푸는 게 좋을 것 같아서."

"하룻밤 사이에 굉장히 용감해졌네. 그럼 쉬엄쉬엄 열심히 해."

"쉬엄쉬엄 열심히? 그게 무슨 말이야" 하며 까르르 웃음을 터뜨리던 연아가 인사를 건넸다.

"고마워, 내 이야기를 들어 줘서."

"천만에."

시온은 자리에서 일어났다. 연아가 다시 문제집으로 고개를 돌리더니 금세 집중한 얼굴로 문제를 풀기 시작했다.

천만에.

시온은 속으로 다시 한번 그 말을 중얼거렸다. 사실 시온이 한 일은 아무것도 없었다. 그냥 연아의 이야기를 들어 준 것뿐이다. 그것만으로도 연아는 스스로 문제를 해결했다. 어쩌면 인간도 원귀도 그저 이야기를 들어 줄 사람이 필요한 것뿐인지도 모르겠다는 생각이 들었다. 그것만으로도 문제를 해결할 힘은 생겼다.

"공부가 특기라고?"

시온이 반쯤 혼잣말처럼 중얼거렸다. 그러고 보니, 자신에게도 특기가 하나 있지 않던가? 원귀를 보고, 원귀의 이야기를 들을 수 있는 특기.

"나도 내 특기를 살려서…….."

"내일 학교 마치고 떡볶이 먹으러 갈래?"

자리에 앉던 시온은 옆에 선 준서를 보며 눈살을 찌푸렸다. 준서는 마치 선심이라도 쓰듯 거만한 얼굴로 시온을 내려다보고 있었다.

"떡볶이?"

대답은 시온이 아니라 그 옆에서 돌아왔다. 책상에 엎드려 자고 있던 가영이 잠꼬대처럼 그 말을 중얼거리며 부스스 눈을 떴다. 순식간에 교실이 조용해졌다. 반 아이들이 두 사람의 대화에 귀를 쫑긋 세웠다.

"갑자기 웬 떡볶…… 아, 설마?"

무심코 대꾸하던 시온이 짐작 가는 게 있는 듯 미심쩍은 눈으로 준서를 보았다. 준서가 시온의 귓가에 나직하게 속삭였다.

"나 이번에 표창장 받게 됐어. 타의 모범이 되는 우수 공무원이라나 뭐라나. 원귀가 직접 시청까지 찾아가서 내 칭찬을 했대."

"와, 그거 다 내 덕분이잖아?"

"그래서 떡볶이 산다고. 그리고 할 얘기도 있고."

"알았어. 나중에 마치고 봐. 1인분으로는 어림도 없을 줄 알아."

시온의 으름장에 준서가 못마땅한 표정을 지으며 자리로 돌아

갔다. 어느새 두 눈을 말똥말똥하게 뜬 가영이 시온의 옆구리를
쿡쿡 찔렀다.

"뭐야?"

"뭐가?"

"뭐긴 뭐야, 너랑 준서 말이야."

"아무것도 아닌데?"

"에이, 아무것도 아닌 게 아닌데?"

가영이 입을 가리고 킥킥, 소리 죽여 웃었다. 그때, 지안과 하윤
이 시온의 책상 앞으로 걸어왔다. 우뚝 선 두 사람은 말없이 시온
을 노려보았다. 특히 지안의 눈빛이 살벌했다. 시온은 어리둥절한
얼굴로 두 사람을 올려다보았다.

팔짱을 낀 하윤이 별안간 앙칼진 목소리를 냈다.

"이시온, 너희 할머니 무당이라며?"

"응."

시온의 심드렁한 대꾸에 하윤이 움찔했다. 아마 자신의 말에 시
온이 놀란 얼굴을 할 거라고 생각한 모양이었다. 예전이었다면 그
랬을지도 모르지만, 지금은 아니었다. 그걸 포함한 모든 게 이시
온이니까.

반 아이들은 숨을 죽인 채 그들의 대화에 귀를 기울였다. 하윤
이 비웃듯이 한쪽 입꼬리만 낭기더니 다시 입을 열었다.

"그래서 초등학교 때 왕따 당했다며? 내 친구가 너랑 같은 초등

학교에 다녔대. 네가 전교생에게 왕따를 당했다고 알려 주던걸?"

잠잠하던 심장이 빠르게 뛰었다. 초등학교 때의 기억은 시온에게 트라우마나 다름없었다. 자신을 있는 그대로 받아들이는 것과는 별개로 그건 아직 아물지 않은 상처였다. 당황한 시온을 본 하윤의 얼굴에 승자의 미소가 걸렸다.

그 순간, 잠자코 있던 가영이 두 눈에 쌍심지를 켜며 일어났다. 가영은 당장이라도 두 사람에게 달려들 듯 씩씩거리며 거친 숨을 몰아쉬었다.

"시온이 왕따 아니었거든? 매일 나랑 같이 학교 가고, 점심 먹고 그랬거든? 나랑 완전 단짝이었어!"

"너도 같이 왕따 당한 거 아냐?"

"애들이 이시온 집이 완전 콩가루라고 하던데? 큰아빠는 신부님이고, 작은 아빠는 목사님, 게다가 삼촌은 스님이라며?"

지안과 하윤이 한마디씩 던지며 키득키득 얄미운 웃음을 터뜨렸다. 반 아이들이 속닥속닥 귓속말을 하는 소리가 마치 천둥소리처럼 크게 들렸다.

시온은 이후의 일들이 어떤 식으로 전개될지 대충 짐작할 수 있었다. 소문은 눈덩이처럼 덩치를 불리며 사방으로 퍼져 나갈 것이다. 시온이 아무리 해명해 봤자 소용없을 터였고, 아이들은 악의 없는 얼굴로 날카로운 비수를 날릴 것이다. 거기에 찔린 시온은 피를 흘리며 상처를 입겠지.

가영이 더 이상 참지 못하고 주먹을 움켜쥐었다. 그리고 지안에게로 한 발짝 다가섰다.

"너 말 다 했어? 말 다 했냐고!"

"너는 이시온 부하니? 아니면 대변인이라도 돼? 애는 가만히 있는데 왜 네가 화를 내고 난리야?"

지안도 지지 않고 가영을 노려보았다. 금방이라도 싸움이 벌어질 것 같은 일촉즉발의 순간.

"초등학생도 아니고 고등학생이나 되어서 다른 사람의 직업을 무시하는 건 좀 유치하지 않나?"

옆에서 준서의 무심한 한마디가 날아왔다. 그제야 지안이 당황한 표정으로 준서를 쳐다보았다.

"······그게 아니라!"

무어라 변명을 하려던 지안이 이내 실쭉한 표정으로 눈을 흘겼다. 심술궂은 목소리가 준서를 향해 날아갔다.

"너는 아무렇지 않아? 얘네 할머니가 무당인 거 말이야. 소름 끼치지 않니? 쟤 초등학생 때는 귀신을 본다는 거짓말을 하고 다녔대. 어른들의 관심을 받으려고 말이야."

"나는 다른 사람의 험담을 아무렇지 않게 하고 다니는 사람이 더 소름 끼치는데."

"윽."

지안이 정곡을 찔린 표정으로 입술을 깨물었다.

"게다가 혹시 알아? 귀신을 본다는 시온이의 말이 정말일지. 어쩌면 너희들 몰래 우리 학교에 있는 귀신들을 퇴치하고 있을지도 모르지. 정체를 숨기고 활동하는 각시탈처럼 말이야."

"말도 안 돼!"

매서운 눈으로 준서를 쏘아보던 지안이 입매를 일그러뜨리며 휙 하고 등을 돌렸다. 지안은 그대로 교실을 뛰쳐나갔다.

"지안아!"

하윤이 준서와 시온을 번갈아 보다가 이내 지안의 뒤를 쫓아갔다. 그제야 가영이 털썩, 자리에 주저앉았다.

"아이씨, 저 밉살맞은 입을 한 대 때려 줬어야 하는 건데."

반쯤 혼잣말을 중얼거린 가영이 팔꿈치로 시온의 옆구리를 툭 하고 쳤다.

"지안이가 한 말, 신경 쓰지 마. 네가 준서랑 친해서 질투하는 거야. 알잖아, 쉬는 시간마다 지안이가 준서 책상 근처에서 얼쩡거리던 거."

"신경 안 써."

시온은 천천히 심호흡을 하며 교과서를 꺼냈다. 아무렇지 않다고 하면 거짓말이겠지만, 예전처럼 그렇게 지독하게 아프지는 않았다. 무슨 일이 있어도 제 편이 되어 줄 가영이 곁에 있으니까.

언제였더라. 자전거를 타다가 넘어져서 손목뼈가 부러진 적이 있다. 자세히 보면 시온의 손목은 오른쪽이 왼쪽보다 조금 더 굵었다. 의사 선생님은 그것이 자가 치유의 흔적이라고 했다. 부러진 뼈가 붙는 과정에서 그곳에 칼슘이 쌓이며 원래의 뼈보다 더 단단해지고 굵어진 거라고 말이다.

어쩌면 시온은 자신의 마음도 조금 더 굵고 단단해졌는지도 모르겠다고 생각했다. 마음의 상처를 치유하는 과정에서 한 겹 한 겹 껍질이 쌓여 처음보다 더 두꺼워진 모양이라고. 그렇다고 두 번 다시 부러지지 않는 건 아니겠지만, 이전과 같은 충격을 받아도 제법 잘 견디게 되었다.

"누가 백 살 넘은 할아버지 아니랄까 봐, 하필이면 각시탈이래. 하다못해 블랙 위도우 정도는 돼야지."

피식, 웃음을 터뜨리는 시온의 눈매가 부드럽게 휘어졌다. 자신을 있는 그대로 받아들여 주는 친구가 있다는 건 행운이었다.

∗

"할 말이라는 게 뭐야?"

"할 말?"

시온의 물음에 전투적으로 떡볶이를 먹던 준서가 시큰둥하게 되물었다. 절레절레 고개를 젓던 시온이 "아줌마, 여기 떡볶이 2인분 추가요!" 하고 외쳤다.

"야, 공무원 월급이 얼마나 된다고 떡볶이 추가냐. 우리 벌써 5인분 먹었어."

"내가 떡볶이 좋아하는 걸 다행으로 알아. 마카롱이나 스테이크 같은 걸 좋아했으면 이 금액으로는 어림도 없어. 그리고 5인분 중에서 3인분은 네가 먹었거든?"

"그럼 내 돈 내고 먹는데 먹어야지. 먹고 죽은 귀신은 때깔도 좋다고 했어."

"감사합니다."

떡볶이 접시를 내려놓는 분식집 아줌마에게 인사를 한 시온이 대뜸 핀잔을 날렸다.

"넌 잘 먹고 죽었나 봐? 그러니까 때깔이 좋지."

그 말에 준서는 아무런 대꾸를 하지 않고 떡볶이만 우물거렸다. 자신이 죽은 이유는 말하고 싶지 않다는 무언의 거절이 느껴졌다. 시온은 괜히 머쓱한 기분에 뺨을 긁적이며 원래의 화제로 돌아갔다.

"아까 교실에서 그랬잖아. 할 말이 있다고."

"아."

그제야 생각난 듯, 준서가 분주하게 움직이던 젓가락을 내려놓았다. 이때가 기회였다. 시온은 빈틈을 놓치지 않고 열심히 떡볶이를 입으로 가져다 날랐다.

입 안에 있는 것을 모두 삼키고 나서야 준서가 말을 시작했다.

"아무리 생각해도 뭔가 있어."

"워?"

두 뺨이 볼록하도록 떡볶이를 밀어 넣은 시온이 뭉개지는 발음으로 물었다. 슬쩍 눈살을 찌푸리던 준서가 한숨과 함께 말을 이었다.

"분명 우리가 모르는 뭔가가 움직이고 있다고."

"전에 말한 그거 말이야? 인간에게 빙의한 원귀가 많다는 거?"

"아무래도 꺼림칙해서 선배님한테 연락을 해 봤거든."

"선배님?"

"공무원 시험에 합격하면, 이곳으로 발령받기 전까지 교육 기간이 있어. 그때, 나랑 내 동기들을 연수시켜 주신 선배님이야."

"……응."

저승세계의 공무원 얘기는 들을 때마다 신기했다. 쉽게 믿기지 않기도 했다. 그러나 눈앞에 저승사자가 있으니 믿지 않을 수도 없었다.

"선배님이 그러는데, 갑자기 빙의가 많아지는 원인은 보통 두 가지래."

"두 가지?"

"첫 번째는 그곳의 음기가 강해져서 힘을 가진 원귀들이 모이는 경우."

"두 번째는?"

준서의 진지한 표정에 시온이 덩달아 긴장했다. 저도 모르게 마른침이 넘어갔다.

"두 번째는 강력한 악귀가 등장해서 주위에 있는 원귀들에게 영향을 미치는 경우."

"강력한…… 악귀?"

"원귀가 된 후 저승사자에게 붙잡히지 않고 이승에 오래 머물면서 악귀가 된 거야. 보통의 원귀는 한 사람에게 빙의하는 것도 힘든데, 악귀의 경우 인간의 몸을 이리저리 옮겨 다니는 것도 가능하거든. 그래서 더 잡기가 힘들어. 게다가 오랫동안 도망자 생활을 해서 저승사자를 피하는 데 도가 튼 존재야. 아주 교활하고 위험한 놈이야."

그 말에 잠깐 생각에 잠겼던 시온이 조심스럽게 물었다.

"그럼 이번은 둘 중 어디에 해당할까?"

"아마도……."

거기서 잠깐 말을 끊은 준서가 별안간 고개를 돌려 가게 밖을 내다봤다. 계절은 이제 곧 여름을 앞두고 있었다. 더운 열기를 품은 햇살이 아스팔트를 달구었고, 사람들은 아무 걱정 없이 발걸음을 옮겼다.

"둘 다겠지."

준서의 말에 시온은 생각만큼 놀라지 않았다. 어쩌면 예상했던 대답인지도 몰랐다.

"그렇다면 악귀가 누군가의 몸에 숨어 있다는 얘기겠구나."

164

시온이 망연한 목소리로 중얼거렸다. 준서는 아무런 대답도 하지 않았다. 두 사람 사이에 놓인 떡볶이가 싸늘하게 식어 갔다.

＊

"그거 뭐야?"

가방을 벗던 가영이 시온의 책상을 보곤 대뜸 눈살부터 찌푸렸다. 어제까지만 해도 멀쩡하던 책상이 빼곡한 낙서로 채워져 있었다.

무당의 손녀, 왕따, 꺼져! 귀신, 소름 끼쳐!

"누구…… 분명 지안이일 거야! 지안이 짓이 틀림없어!"

멍하니 중얼거리던 가영이 대뜸 눈을 부라렸다. 시온은 대수롭지 않은 태도로 가방을 내려놓고 물티슈를 꺼냈다.

"넌 화도 안 나?"

가영이 같이 책상을 닦으며 분통 터지는 표정으로 물었다. 그러다 이내 "도대체 뭘로 썼길래 이렇게 안 지워지는 거야" 하고 투덜거렸다.

"응, 신경 안 쓰기로 했어. 이런 말을 듣는다고 해서 내가 바뀌는 것도 아니고. 어쨌든 나는 이시온이잖아."

생각지도 못한 말에 놀란 듯 움찔하던 가영이 이내 두 주먹을 불끈 쥐며 비장하게 외쳤다.

"맞아! 내가 있으니까 시온이 넌 아무것도 걱정 할 것 없어! 내가 찾아봤는데, 악플에 가장 효과적인 대처법은 아무 대응도 하지 않는 거래. 이런 애들은 네가 화내거나 우는 모습을 보고 싶어 하는 거야. 그러니까 넌 아무 반응도 보이지 마. 대신 내가 지안이 걔를 아주 혼쭐 내 줄게!"

그런 의미가 아니었지만, 시온은 그냥 고개만 끄덕였다. 때마침 앞문으로 들어오는 지안과 하윤을 발견한 가영이 두 사람을 향해 날카롭게 쏘아붙였다.

"이거, 너희들 짓이지? 유치하긴!"

"쟤 뭐라는 거야?"

지안이 아닌 밤중에 홍두깨라는 듯 하윤을 돌아보며 입술을 삐죽였다. 하윤 역시 영문을 모르는 건 마찬가지인 듯했다. 절레절레 고개를 젓는 두 사람의 모습에 가영이 사납게 으르렁거렸다.

"그렇게 발뺌하면 모를 줄 알아? 너희들이 시온이 책상에 이런 짓을 했잖아. 유치하게. 요즘 초등학생도 안 그러겠다!"

눈살을 찌푸리며 다가온 지안이 시온의 책상을 내려다보며 멈칫했다. 하나둘, 등교하던 아이들도 시끌벅적한 네 사람의 모습에 서서히 관심을 기울이기 시작했다. 아이들의 눈치를 살피던 지안이 뚱한 목소리로 대꾸했다. 지안의 얼굴에 얼핏 당혹스러운 빛이 스치고 지나갔다.

"우리가 그런 거 아니야."

"맞아. 우리는 방금 등교했는걸."

기다렸다는 듯 하윤이 거들었다. 그러나 잔뜩 화가 난 가영에겐 먹히지 않았다.

"어제 해 놓고 갔을 수도 있지. 아니면 오늘 아침에 낙서를 한 뒤, 이제 등교하는 척 연기를 하고 있거나."

"우리가 왜?"

"몰라서 묻니? 너희 말고 시온이한테 이런 짓을 할 애들이 어디 있어? 시온이가 준서랑 친하다고 괴롭히는 거 누가 모를 줄 알아?"

"무, 무슨 소리야!"

지안이 발갛게 달아오른 얼굴로 고함을 꽥 질렀다. 그러다 자존심이 상한 듯 눈매를 찌푸리며 시온을 노려보았다. 시온은 무덤덤한 표정으로 그런 지안을 응시했다.

지안이 입술을 꾹 깨물었다가 놓았다.

"나 말고 왜 없어? 다들 시온이 쟤를 꺼림칙하게 생각하는데."

"이것들이 진짜! 나랑 한 판 붙어 볼 거야?"

가영이 주먹을 휘두르며 두 사람을 향해 득달같이 달려들었다.

"으앗! 진정해!"

깜짝 놀란 시온이 몸을 던져 가영을 막았다.

"됐어, 가영아. 그만해. 이 정도면 충분해."

"하지만 저것들이!"

"난 진짜 괜찮아. 이제 이런 거 아무렇지도 않아. 쟤들이 무슨 말을 하든 상관없어. 쟤들은 나한테 그렇게 중요한 사람이 아니야."

가영이 씩씩, 거친 숨을 몰아쉬며 지안을 쏘아보았다. 시온은 가영을 의자에 꾹 눌러 앉힌 후, 마저 책상을 닦았다. 가영이 이죽거리는 목소리로 속삭였다.

"시온이 너 저런 애들한테 본때를 보여주려고 태권도랑 유도, 무에타이를 배웠던 거 아니야? 이참에 실력 발휘 좀 해 봐."

그래서 배웠던 건 아니다. 부모님이 맞벌이라 할머니에게 맡겨지는 날이 많았는데, 친구들에게 향냄새가 난다고 놀림을 당하는 게 부끄러워 학원에 다니겠다고 떼를 썼다. 교습학원부터 피아노, 미술학원 등 수많은 학원을 전전하다 적성에 맞는 운동 학원에 정착한 것뿐이었다.

하지만 시온은 짐짓 잘난 체를 하듯 턱을 치켜들며 오만하게 대꾸했다.

"진정한 무도인은 일반인에게 폭력을 쓰지 않는 법."

"와, 멋지다! 그러니까 진짜 무도인 같아…… 라고 할 줄 알았니? 나한테는 새로운 기술 배웠다면서 못살게 굴면서!"

"받아라, 초크!"

"끄아악, 항복! 항복!"

가영의 입에서 항복 선언이 터졌다. 시온이 손에서 힘을 풀고, 깔깔거리며 웃었다. 켁켁거리던 가영도 덩달아 입꼬리를 당겼다.

지안과 하윤이 시온을 곁눈질하며 소곤거렸지만, 시온은 두 사람을 돌아보지 않았다. 두 사람이 시온에게 중요하지 않다는 말은 진심이었다. 십 년 후 고등학교 생활을 돌이켜봤을 때, 시온은 아마 두 사람의 얼굴조차 기억하지 못할 것이다. 지금 초등학교 때 같은 반이었던 아이들의 얼굴이 흐릿한 것처럼.

하지만 아무리 오랜 시간이 지나도 가영이와 나누었던 시시껄 렁한 대화는 생각이 날 것이다. 가영이 좋아하는 아이돌과 서로에 게만 털어놓은 작은 비밀, 둘이서 같이 먹었던 떡볶이 같은 것들 도. 그러니 굳이 두 사람의 악담에 상처받을 필요는 없었다. 시온 은 자신의 마음이 이전보다 더 단단해졌음을 느끼며 조용한 웃음 을 흘렸다.

"뭐야? 아침부터 뭐가 그렇게 기분이 좋냐?"

석진이 퀭한 얼굴로 가방을 던졌다. 책 한 권 안 들어 있는 듯 가 벼운 가방이 책상 위로 풀썩 떨어졌다.

"너 또 밤새 게임 했니?"

"말도 마. 졸려 죽겠다."

"게임이 잘 안 풀리나 보지? 어째 요즘 얼굴이 안 좋아 보인다?"

"어떤 놈이 내 캐릭터를 다 때려 부수고 다니거든. 잡히기만 해 봐. 가만히 안 놔둘 테니까."

석진이 짜증 난다는 듯 인상을 구겼다. 고개를 갸웃거리던 가 영이 의아한 표정으로 물었다.

"네 캐릭터만?"

"응."

"이상한 사람이네."

"그 자식 때문에 열 받아서 잠을 못 잤어. 어떻게 갚아 줄까 생각하느라고 말이야."

우물우물 대답한 석진이 좀비 같은 얼굴로 책상에 엎드렸다. 그때, 막 교실로 들어서던 준서와 눈이 마주쳤다. 준서가 시큰둥한 얼굴로 손을 흔들었다.

"안녕."

시온도 웃으며 인사했다. 지안과 하윤이 아니라도 시온에겐 중요하고 신경 써야 할 사람들이 많았다. 물론, 준서는 사람이 아니었지만.

옥상 아래 층계참에는 싸늘한 침묵이 흘렀다. 준서가 두 눈을 가늘게 뜨고 시온을 노려보았다.

"내가 인간이 아니라니. 그건 또 무슨 저승사자 비하 발언이냐?"

"하지만 넌 정말로 인간이 아니잖아."

"나도 한때는 인간이었거든? 저승사자도 인격이라는 게 있어."

"나랑 원귀에게는 없는 인격이 저승사자에겐 있나 보지?"

그렇게 투덜거리던 시온이 새삼스러운 사실을 깨달은 표정으로 두 눈을 크게 떴다. 시온의 입술 사이로 놀란 목소리가 터져 나왔다.

"그럼 너 백 년 동안이나 공무원 시험에 떨어진 거야?"

"아니야!"

준서가 빽 하고 고함을 질렀다. 시뻘겋게 달아오른 얼굴로 씩씩거리는 모습을 보니 시온의 오해가 제법 억울한 모양이었다.

"아니면 아닌 거지, 왜 고함을 질러."

"업무를 수행할 때 사사로운 감정에 휩쓸리면 안 되니까 보통 죽은 지 백 년이 지난 후부터 공무원 시험을 칠 수 있단 말이야. 그때쯤이면 저승사자의 직계 가족들도 더 이상 이승의 사람이 아니니까. 그전까지는 내가 일할 인간 세상을 공부하면서 아르바이트를 했다고. 취업 준비 몰라? 취준생!"

준서의 눈치를 살피던 시온이 조심스럽게 물었다.

"그런데 넌 왜 죽은 거야?"

"몰라. 너무 오래돼서 기억 안 나."

준서가 시온의 시선을 외면하며 퉁명스럽게 대꾸했다. 그리고 시온은 그것이 거짓말이라는 사실을 대번에 눈치챘다. 기억나지 않는 게 아니다. 말하고 싶지 않은 것뿐이다. 준서는 평소보다 싸늘한 얼굴로 허공만 노려보았다.

시온은 불편한 분위기를 바꾸려는 듯 "아, 참" 하며 화제를 전환했다.

"그런데 요즘은 피망마켓 중고거래 안 해? 어째 잠잠하다?"

"당분간은 쉬려고."

"왜?"

"왜긴 왜야. 너 떡볶이 사 주느라 지출이 커서 그렇지! 공무원 월급이 얼마나 적은 줄 알아? 그걸로 월세, 식비, 휴대폰 요금 내고 나면 쥐꼬리만큼 남는다고!"

"너…… 힘들게 사는구나."

"이게 네 미래다. 너는 안 그렇게 살 것 같냐?"

준서가 심통 맞게 대꾸했다. 그건 맞는 말이었다. 시온도 언젠가는 직업을 가지고, 월급을 받아 스스로 생계를 꾸려나가게 될 것이다. 어른이 된다는 건 그런 것이었다. 자신의 삶에 온전한 책임을 지는 것.

그러고 나자, 준서가 새삼 대단해 보였다. 씩씩거리던 준서가 한 풀 누그러진 기세로 물었다.

"그러는 넌 괜찮냐?"

"뭐가?"

"지안이랑 하윤이. 아까 보니까 네 책상에 낙서도 해놓고, 들으라는 듯 큰소리로 험담도 하던데?"

준서의 말에 시온이 피식 웃음을 터뜨렸다. 남의 불행을 한없이 가벼운 어투로 얘기하는 준서가 몹시 준서다웠기 때문이다. 덕분에 시온 역시 그 일이 대수롭지 않게 느껴졌다.

"그러다 말겠지."

"바보냐?"

"내가 무슨 바보야?"

대뜸 날아온 타박에 이번에는 시온이 도끼눈을 떴다. 준서가 한심하다는 듯 절레절레 고개를 저으며 훈계를 늘어놓았다.

"나한테 하는 거 반만 해도 걔들이 입도 벙긋 못할 텐데. 그런 건 참는 사람이 바보가 된다고. 걔들 행동이 나쁜 짓이라는 걸 확실히 알려 줄 필요가 있어. 원귀에 홀리지도 않았으면서 그런 짓을 스스럼없이 한다는 게 기분 나쁘지 않냐? 자기 의지로 다른 사람을 해코지한다는 거잖아. 어떤 흉악한 원귀보다도 살아 있는 인간이 가장 무서워. 이래서 내가 인간을 싫어한다니까."

"너 인간 싫어해?"

준서는 대답 대신 코웃음만 쳤다. 준서를 물끄러미 응시하던 시온이 알 수 없는 표정으로 어깨를 으쓱였다. 그건 준서의 말에 동의한다는 뜻이기도 했고, 한편으로는 동의하지 않는다는 뜻이기도 했다.

"그보다 지금은 더 중요한 문제가 있지 않아?"

"더 중요한 문제?"

시온이 답답하다는 듯 눈살을 찌푸렸다.

"악귀 말이야, 악귀. 이 학교 어딘가에 숨어 있다는 거잖아. 누군가의 몸을 숙주 삼아서. 그놈부터 잡아야지."

"하지만 전교생과 선생님 수를 합하면 수백 명이나 되는데, 꼭 꽁 숨은 악귀를 무슨 수로 찾아?"

"무식한 방법이지만 한 명씩 직접 만나 보는 건 어때? 그럼 검은 그림자가 일렁이는 사람을 발견할 수 있겠지."

"모르는 소리."

준서가 또 한 번 코웃음을 쳤다. 저놈에 코를 그냥, 하며 눈을 흘기던 시온이 이어지는 준서의 목소리에 귀를 기울였다.

"악귀는 저승사자를 피해 오랫동안 이승에 머문 놈이야. 평소에는 결코 눈에 띄지 않는다고. 숨고자 마음먹는다면 코앞에 있어도 못 알아볼걸?"

"그럼 어떻게 해? 다른 애들이 원귀에 홀리는 걸 그냥 두 눈 빤히 뜨고 보고만 있으란 말이야?"

"흠."

고민에 잠긴 얼굴로 미간을 찌푸리던 준서가 한참 만에야 입을 열었다.

"한 가지 방법이 있어."

"그게 뭔데?"

"우리 과장님의 청동거울."

"청동거울?"

"사물의 본질을 비추는 신물이야. 너도 삼부인에 대한 얘기는 들어 봤을 텐데? 환웅이 처음 인간 세상으로 내려왔을 때 청동거울을 들고 왔잖아. 그거랑 같은 걸 과장님이 가지고 계시거든."

"들었던 것 같기도 하고, 아닌 것 같기도 하고."

시온의 뜨뜻미지근한 대답에 준서가 혀를 찼다.

"매일 놀러만 다니지 말고 공부 좀 해라. 어쨌든, 그 거울만 있으면 아무리 교묘하게 숨어 있는 악귀라도 단번에 찾아낼 수 있다고."

거기까지 말한 준서가 자리에서 벌떡 일어나며 비장한 표정으로 시온을 돌아봤다.

"여기서 이럴 게 아니라, 말이 나온 김에 나는 과장님의 청동거울을 훔치러 다녀올게!"

훔치러?

생각지도 못한 단어에 반쯤 넋이 나가 있던 시온이 퍼뜩 정신을 차리고는 준서를 불렀다.

"야, 백준서!"

그러나 이미 준서는 시온의 시야에서 사라지고 난 뒤였다. 시온이 텅 빈 계단을 보며 깊은 한숨을 내쉬었다.

"이럴 때만 재빠르다니까. 아니, 근데 그냥 빌려 오면 안 되나? 꼭 훔쳐 와야 하는 건가?"

고개를 갸웃거리던 시온은 어깨를 으쓱이며 혼자 교실로 내려갔다.

도서관에서의 결투

"준서랑 연락되는 사람 누구 없나?"

담임의 물음에 몇몇 아이들이 "예" 하고 대답했다. 개중에 두어 명은 시온을 힐긋거리기도 했다.

"무슨 일이지? 전화도 안 받고."

반쯤 혼잣말을 중얼거린 담임이 골치 아픈 표정으로 한숨을 쉬다 교실을 둘러봤다.

"그건 그렇고, 이번 주 도서 당번이 누구지?"

"저예요."

시온이 한 손을 들었다. 고개를 끄덕인 담임이 대수롭지 않게 말을 이었다.

"사서 선생님께서 오늘 중으로 책 반납해 달라고 하시더라. 하교 전까지 도서실에 책 갖다 주는 거 잊지 말거라."

"예."

"이상. 사고 치지 말고, 오늘 하루도 파이팅 해라."

"예, 쌤!"

담임이 교실 문을 나서자마자, 왁자한 소음이 교실을 뒤덮었다. 누군가는 휴대폰을 꺼냈고, 누군가는 요즘 유행하는 아이돌의 춤을 췄으며, 누군가는 꽥꽥 소리를 질러댔다. 그게 노래라는 걸 알아차리는 데는 꽤 오랜 시간이 걸렸다. 짧은 시간을 노려 매점으로 뛰어가는 아이들도 있었다.

시온은 텅 빈 준서의 자리를 보며 소리 없는 한숨을 흘렸다. 과장님의 청동거울을 훔치러 간다는 말을 남기고 사라진 준서는 벌써 이틀째 결석 중이었다. 반쯤 몸을 튼 석진이 시온의 시선을 따라 고개를 돌리다 빈자리를 발견하곤 무심하게 물었다.

"준서 무슨 일이래? 뭘 하느라 코빼기도 안 보여?"

"나도 몰라."

"그래?"

석진이 생각에 잠긴 얼굴로 두 눈을 가늘게 떴다. 그 옆모습을 바라보던 시온이 마침 생각났다는 듯 물었다.

"그러는 너는 잠 좀 잤어? 네 캐릭터만 죽이고 다닌다는 이상한 사람은 어떻게 됐어?"

"아, 그거? 글쎄. 요 며칠은 잠잠하네."

"이제 게임 좀 적당히 해. 밤새 게임 하느라 수업 시간만 되면 자니까 저번 중간고사 성적이 그 모양이지. 곧 기말고사인 건 알고 있어?"

"됐어. 잔소리 그만해. 우리 엄마가 잔소리하는 것도 귀찮아 죽겠는데 너까지 그러기냐? 어차피 네 성적이나 내 성적이나."

"야, 어떻게 21등이랑 27등이 같냐!"

옆에 있던 가영이 교과서를 꺼내며 "석진이는 공부하면 안 돼"라고 중얼거렸다. 의아한 시선 두 쌍이 가영에게 꽂혔다.

"내 뒤에 몇 명 없단 말이야. 석진이는 맨 뒤에서 우리 반을 든든하게 받쳐 주는 게 좋아."

"나 꼴찌 아니야! 내 뒤에 두 명이나 더 있어!"

석진이 와락 소리를 질렀다. 까르르, 웃음을 터뜨린 가영이 시온을 돌아보며 "화장실 가자" 하고 말했다. 고개를 끄덕인 시온이 자리에서 일어났고, 두 사람은 팔짱을 낀 채 교실을 나갔다.

머리를 긁적인 석진이 "도대체 여자애들은 왜 화장실을 같이 가는지 몰라" 하고 구시렁거리며 책상에 엎드렸다.

"책 다 반납했지? 도서실에 가져다주러 간다?"

하교하느라 바쁜 아이들은 시온의 말을 듣는 둥 마는 둥 하며 쌩하니 교실을 빠져나갔다. 시온이 제 앞에 쌓인 책더미를 보며 짧은 한숨을 흘렸다. 이상하게도 시온이 당번일 때마다 반납할 책이 많았다.

"도와줄까?"

석진이 어깨에 멘 가방을 도로 내려놓으며 시큰둥하게 물었다. 시온이 두 눈을 동그랗게 떴다.

"웬일이야? 게임 말고는 관심도 없는 네가?"

"그래서 도와줘, 말아?"

"도와줘."

"음료수."

"와, 치사하게. 됐어, 가영이한테 부탁하면……."

"미안해, 시온아. 오늘 내가 좋아하는 아이돌이 음악방송에 나오거든. 지금 가도 시간이 간당간당해. 나 먼저 간다. 안녕!"

"김가영! 우리는 영혼의 단짝……."

시온의 말이 끝나기도 전에 가영은 쏜살같이 달려 나갔다. 허를 찔린 표정으로 가영의 빈 책상을 보던 시온이 머뭇머뭇 시선을 돌렸다.

석진이 우쭐한 표정을 지으며 밉살맞은 목소리로 말했다.

"너 혼자 하려면 도서관을 두 번은 왔다 갔다 해야 할걸? 음료수 하나면 싸지. 이런 기회가 자주 오는 게 아니야. 잘 생각해 봐."

어디서 많이 들었던 얘긴데, 하고 고개를 갸웃거리던 시온은 자신이 쥬서에게 했던 짓을 떠올리곤 얌전히 고개를 끄덕였다. 이래서 착하게 살라고 하는 모양이다. 내가 한 짓이 돌고 돌아 나에게 되돌아오니 말이다.

"알았어."

아이들이 썰물처럼 빠져나간 학교는 왠지 모르게 썰렁했다. 한 편으로는 을씨년스럽기도 했다.

뚜벅뚜벅.

두 사람의 발소리가 복도 벽에 부딪혔다가 돌아왔다. 별관까지 가는 길이 평소보다 유난히 긴 것 같았다. 살갑게 도움의 손길을 내밀었던 석진은 의외로 말이 없었고, 시온도 무슨 말을 해야 할 지 몰랐다. 두 사람은 어색한 침묵 속에서 조용히 걸음만 옮겼다.

"선생님, 책 반납……."

도서실 문을 열고 들어간 시온이 말을 하다 말고 입을 다물었 다. 도서실은 텅 비어 있었다. 평소에도 도서실을 찾지 않는 아이 들이 방과 후에 들를 리 만무했고, 늘 자리를 지키는 사서 선생님 마저도 보이지 않았다.

책상 위에 책을 올려놓은 시온이 석진에게 미안해하는 시선을 던졌다.

"잠깐 기다릴까? 도서 대장에 책 반납했다고 서명해야 하거든."
"그래."

묵직한 책더미를 내려놓은 석진이 호기심 어린 눈으로 주위를 둘러보았다. 신기해하는 얼굴을 보니, 도서실에는 처음 발을 들인 모양이었다. 생각해 보면, 당연한 일이었다. 석진은 책보다 게임 을 좋아하니까.

고요하게 가라앉은 공기와 오래된 책 냄새에 시온의 머릿속이 드물게 차분해졌다. 시청각실, 과학실, 음악실 같은 특수 교실들이 모여 있는 별관이라 더더욱 인적이 드물었다. 운동장에서 축구를 하는지 멀리서 남자아이들의 고함이 간간이 들릴 뿐이었다.

오랜만에 찾아온 평화였다. 요즘 시온의 머릿속은 그 어느 때보다 복잡했다. 오랫동안 저승사자의 눈을 피해 이승에 머물렀다는 악귀가 과연 누구의 몸에 숨어 있을지, 혹시 지안과 하윤이 저를 괴롭히는 이유가 악귀에게 홀렸기 때문은 아닐지, 별의별 생각이 다 들었기 때문이다. 하지만 끝내 답은 알 수 없었다.

'준서가 돌아오길 기다리는 수밖에 없나?'

그런데 바로 그때, 시온의 뇌리를 스치고 지나가는 생각이 한 가지 있었다.

"맞아! 어째서 내가 그 생각을 못 했지?"

"뭘?"

혼잣말에 대꾸가 돌아오자, 시온이 화들짝 놀란 얼굴로 석진을 돌아봤다. 시온은 그제야 석진의 존재를 깨달은 듯 겸연쩍은 웃음을 흘리며 고개를 저었다.

"아무것도 아니야."

원귀가 물건에 깃드는 것과 사람에게 빙의되는 것은 천지 차이라고 했나. 그런데 원귀에게 몸을 빼앗긴 피해자는 모두 시온과 같은 반이었다.

'그 말은 악귀가 우리와 아주 가까운 곳…… 이를테면, 우리 반 아이의 몸속에 있다는 뜻이 아닐까?'

"정말로 준서가 뭐 하는지 몰라?"

그때, 석진의 나른한 물음이 시온의 상념을 방해했다. 시온은 살 포시 눈살을 찌푸리며 입술을 삐죽였다.

"걔가 뭘 하는지 내가 어떻게 알아?"

"너 준서랑 친하잖아. 하교 후에도 가끔 만나고."

"친하기는 누가……."

거기까지 중얼거리던 시온이 문득 입을 다물었다. 미심쩍은 시 선이 석진을 향했다. 하교 후에 준서를 만난다는 건 어떻게 알았 을까, 하는 의문이 들었던 탓이다. 눈이 마주친 석진이 씩 하고 입 꼬리를 당겼다. 입은 웃고 있는데, 눈은 웃고 있지 않았다. 그 괴 리가 묘하게 본능을 자극했다.

그 순간, 불길한 예감이 등골을 타고 죽 올라왔다. 그리고 마침 내 시온의 뒤통수를 강타했다. 시온의 목소리가 흔들렸다.

"석진이…… 너였어?"

"음?"

석진이 성큼 다가섰다. 시온은 주춤거리며 뒤로 물러섰다. 환하 게 웃고 있는 석진의 얼굴이 어딘가 모르게 섬뜩했다. 눈앞에 있 는 사람은 석진이었지만, 석진이 아닌 것 같았다. 그 사실을 깨닫 자, 알 수 없는 공포가 해일처럼 덮쳐 왔다.

"언제부터?"

석진과 농담을 주고받던 날들이 떠올랐다. 그런데도 전혀 몰랐다는 사실이 믿기지 않았다. 이제까지 시온이 상대한 원귀들과는 차원이 달랐다. 석진은 시온과 준서를 감쪽같이 속였다. 일순, 머리털이 쭈뼛 섰다.

"글쎄? 네가 학교를 떠도는 잡귀에 시달리며 홍삼을 먹을 때?"

"맙소사……."

시온이 망연하게 중얼거렸다. 그렇다는 말은 몇 달 동안이나 악귀가 제 바로 앞에서 저를 지켜봤다는 뜻이었다. 온몸에 소름이 돋았다. 그중에서도 가장 오싹한 건 이 와중에도 석진의 몸속에 어른거리는 검은 그림자가 전혀 보이지 않는다는 사실이었다.

"그래서, 그 저승사자는 어디서 뭘 하고 있는 거지?"

석진, 아니, 악귀가 코앞까지 다가왔다. 뒷걸음질 치던 시온의 등 뒤에 딱딱한 벽이 닿았다. 시멘트벽에서 서늘한 한기가 느껴졌다. 더 이상 물러설 곳이 없었다.

석진이 입매를 일그러뜨리며 시온의 멱살을 틀어쥐었다.

"윽."

나직한 신음을 흘린 시온이 두 눈을 크게 떴다. 압도적인 힘이었다. 알 수 없는 압박감이 온몸을 휘감았다. 밧줄에 묶인 것처럼 꼼짝도 할 수 없었다.

"보아하니, 이제 첫 발령을 받은 애송이 저승사자 같던데. 둘이

서 무슨 꿍꿍이야? 그 녀석은 지금 어디서 뭘 하고 있어?"

"석……진이를 어쩌려는 속셈이야?"

목이 졸린 시온이 쉿쉿거리는 목소리로 말했다. 악귀가 힘을 주자, 시온의 몸이 천천히 위로 끌려 올라갔다. 마침내 두 발이 모두 땅에서 떨어졌다. 한층 더 숨을 쉬기가 어려웠다. 두 손으로 악귀의 손목을 비틀었지만 소용없었다.

"그건 내 알 바가 아니야."

문득, 시온의 이맛살이 구겨졌다. 두 눈을 부릅뜬 시온의 잇새로 미심쩍은 목소리가 비어져 나왔다.

"설마 여태 네가 했던…… 게임 얘기. 그거, 준서 얘기였어?"

"흥."

악귀가 싸늘한 얼굴로 코웃음을 쳤다. 악귀는 입매를 기괴하게 비틀며 말했다.

"약한 원귀가 인간에게 빙의할 수 있도록 힘을 나눠 줬지. 그 순간, 나는 신이 된 것 같았어. 아니, 이미 신이나 마찬가지인가? 그건 내가 만든 세상이었으니까. 그런데 어느 순간부터 애송이 저승사자가 나타나 내가 만든 캐릭터들을 하나씩 깨부수고 다니더란 말이지. 그러니 내가 화를 안 낼 수 있겠어?"

목을 죄는 악귀의 힘이 강해졌다. 점점 더 숨이 막혀 왔지만, 시온은 켁켁거리며 마른 음성을 뱉어냈다.

"그건, 캐릭터 따위가 아니야……. 살아 있는 사람이라고."

"알 게 뭐야. 인간 따위가 어떻게 되든 말든."

그 순간, 번쩍하고 떠오른 의문이 있었다. 시온은 고통에 눈살을 찌푸리면서도 가까스로 목소리를 쥐어 짜냈다.

"……설마, 내 책상의 낙서도?"

"흠. 눈치가 꽤 빠른데?"

악귀가 마치 시온을 평가하듯 위아래를 훑어보았다. 새빨갛게 달아오른 시온의 얼굴은 검붉은 빛을 띠기 시작했고, 이마의 핏줄이 굵어졌다. 악귀가 만족스러운 웃음을 흘렸다.

"서로 의심하는 모습이 어찌나 웃기던지. 특히 가영이는 그게 지안이와 하윤이의 짓이라고 철석같이 믿고 있었지. 다음 타깃은 가영이로 해 볼까? 한 번 실패했지만, 인간의 몸을 원하는 원귀는 많으니까. 내 힘을 조금만 나눠 주면 평범한 원귀도 인간에게 깃들만큼 강력해지거든."

"가영이는 건들지 마!"

시온이 사나운 눈으로 악귀를 노려보며 소리쳤다. 끅끅끅, 괴상한 웃음을 터뜨린 악귀가 두 눈을 치떴다.

"명령은 내가 해! 너는 내 물음에 답하기만 하면 돼!"

"끄으윽."

시온의 눈앞이 뿌옇게 흐려지고, 정신이 아득하게 멀어졌다. 이대로 죽는 건 아닌가, 하는 생각이 드는 순간 준서에 대한 원망이 고개를 쳐들었다.

'애송이 저승사자는 이런 중요한 순간에 왜 없는 거야! 만나기만 해 봐, 가만 안 놔둘 테니까!'

"백준서, 이…… 나쁜 놈."

시온이 준서에 대한 욕을 뱉던 바로 그때.

퍽.

"윽!"

악귀가 비틀거리며 시온의 멱살을 쥐고 있던 손을 놓쳤다. 신선한 공기가 폐부 깊숙이 밀려들어 왔다.

"콜록콜록."

마른기침을 터뜨린 시온이 한 손으로 목을 감싼 채 고개를 들었다. 얼굴을 기괴하게 일그러뜨린 악귀가 천천히 뒤를 돌아봤다.

"괜찮아?"

준서가 시온을 보며 걱정스러운 표정을 짓고 있었다. 시온은 준서가 그곳에 있다는 사실에 놀라야 할지, 걱정스러운 얼굴을 했다는 사실에 놀라야 할지 갈피를 잡지 못하고 우왕좌왕했다.

준서가 악귀에게로 시선을 던졌다.

"석진이한테 숨어 있었군. 등잔 밑이 어두웠어."

"흥."

악귀는 여유로운 손놀림으로 먼지가 묻은 바지를 툭툭 털었다. 시온도 퍼뜩 정신을 차리곤 자세를 바로 했다. 방금까지 몸을 옥죄고 있던 두려움은 더 이상 느껴지지 않았다. 인정하긴 싫지만,

준서 덕분이었다. 아무리 도움 안 되는 저승사자라고 해도, 혼자 보다는 둘이 나았으니까.

"당장 그 몸에서 나와."

"나오란다고 나갈 만큼 내가 멍청해 보여? 나를 끌어내리려면 네가 가진 활을 쏴야 할걸? 물론, 활에 맞은 이 녀석이 살아 있을지는 알 수 없지만. 이제 막 공무원이 된 애송이 저승사자에게 인간의 몸에 깃든 원귀만 맞출 수 있는 능력이 있을까 모르겠네. 아니, 그보다 넌 내가 이 녀석의 어디에 숨어 있는지도 모르잖아. 그 활은 내 혼을 맞추지 않으면 소용없다는 걸 알고 있어."

"으."

정곡을 찔린 준서가 입을 꾹 다물었다. 이승에 오래 있었다는 악귀는 저승사자에 대해 많은 걸 알고 있었다. 어쩌면 준서보다도 더. 어깨를 들썩이며 가볍게 심호흡을 한 시온이 두 주먹을 불끈 쥐고 뒤돌려 차기를 했다. 시온의 뒤꿈치가 악귀의 머리를 향해 날아갔다.

"석진아, 미안해!"

쿵!

하지만 다음 순간, 바닥에 쓰러진 건 악귀가 아니라 시온이었다. 악귀는 시온이 공격할 걸 알고 있었다는 듯 날아오는 다리를 잡더니 냅다 집어 던졌다. 시온이 바닥을 니뒹굴었다. 땅에 부딪힌 몸이 방망이로 두들겨 맞은 것처럼 아팠다.

"아윽."

시온은 몸을 웅크린 채 통증이 잦아들기를 기다렸다. 킬킬거리던 악귀가 그런 시온을 내려다보며 비아냥댔다.

"네가 원귀를 때려잡는 건 여러 번 봤어. 뭐, 인간치곤 나쁘지 않은 솜씨더군. 하지만 나는 그런 하찮은 녀석들과는 달라. 그 정도 실력으론 어림도 없다는 말이야."

시온의 곁으로 다가온 준서가 악귀를 노려보며, 손을 내밀었다.

"악귀가 석진이의 몸 어디에 있는지만 알아도 좋을 텐데."

분한 듯 주먹을 움켜쥐던 시온이 준서의 손을 잡고 몸을 일으켰다. 준서가 그런 시온에게 귓속말을 속삭였다.

"뭐야. 또 무슨 꿍꿍이야."

두 사람의 모습에 눈살을 찌푸리던 악귀가 이내 아무렴 어떠냐는 듯 입술을 삐죽였다.

"아무리 머리를 굴려도 어차피 너희 둘은 여기서 살아 나갈 수 없어!"

악귀가 두 사람을 향해 달려들었다. 준서는 재빨리 가방에서 무언가를 꺼냈다. 킬킬킬, 악귀가 비웃었다.

"그깟 활이 무슨 소용이야? 석진이의 혼까지 날려 버릴 셈이냐?"

하지만 다음 순간, 준서의 손에 들린 건 청동거울이었다. 동그란 거울의 뒷면에는 알 수 없는 문양이 조각되어 있었고, 오목한

앞면은 깨끗하게 닦여 있었다. 청동거울에 비친 세상은 모두가 거꾸로였다. 도서관 책상도, 쌓여 있는 책들도, 심지어는 거기에 비친 시온조차도 거꾸로 뒤집혀 있었다.

그것을 악귀에게 비추는 순간.

"배야! 석진이의 배 속에 악귀가 숨어 있어!"

준서가 책상 위에 있던 책을 석진에게 와르르 던지며 외쳤다. 악귀가 기괴하게 일그러진 얼굴로 고함을 질렀다.

"고작 이 정도 책으로 나를 막을 수 있으리라 생각했나!"

막을 수 있을 거라 생각하진 않았다. 하지만 잠시면 됐다. 날아오는 책을 피하느라 악귀가 주춤하는 그 찰나의 순간이면 충분했다. 그 사이, 시온은 두 눈에 잔뜩 힘을 주고서 악귀를 향해 달려들었다. 시온이 악귀가 깃든 석진의 배를 걷어찼다.

"성공이야!"

시온이 환하게 준서를 돌아보았다. 그와 동시에 준서의 얼굴이 하얗게 질렸다.

"이시온, 조심해!"

"어림도 없지!"

악귀가 시온의 뒷덜미를 잡고 내던졌다. 부웅, 허공을 가른 시온의 몸이 바닥에 처박혔다.

"아악!"

"괜찮아?"

준서가 황급히 뛰어왔다. 시온은 둔중한 통증을 참으며 한쪽 눈을 떴다. 믿을 수가 없었다. 분명 공격은 제대로 들어갔다. 시온의 발은 악귀가 있는 곳을 정확하게 걷어찼다.

'그런데 어째서?'

그런 시온의 의문을 알아차린 듯, 준서가 어금니를 꽉 깨문 채 나직하게 속삭였다. 준서의 시선은 청동거울에 못 박혀 있었다.

"그새 어깨로 이동했어."

천천히 몸을 일으키던 시온이 두 눈을 크게 떴다. 악귀를 돌아보는 시온의 눈동자가 두려운 빛을 띠었다. 그것이 만족스러운 듯, 악귀가 클클거리며 웃었다. 준서가 시온의 귓가에 무슨 말인가를 빠르게 속삭였다.

"네놈들 꿍꿍이가 뭐든, 너희들은 내 털끝 하나 건드릴 수 없다."

"뭐? 그 방법이 성공할 리 없어."

시온이 당황한 얼굴로 준서를 돌아보았다. 하지만 준서는 자못 비장한 표정으로 고개를 끄덕이곤 시온의 손에 청동거울을 쥐여 주었다.

"너를 믿어."

두 사람의 눈이 마주쳤다. 시온이 걱정스러운 표정으로 고개를 저었지만, 준서는 웃는 얼굴로 천천히 고개를 끄덕였다.

"뒷일을 부탁해, 이시온."

그 말을 끝으로 이번에는 준서가 악귀를 향해 달려들었다. 악귀가 가소로운 미소를 흘리며, 준서의 얼굴에 주먹을 날렸다. 준서는 아랑곳하지 않고 석진의 허리를 붙들었다. 악귀가 주먹으로 준서의 머리를 내리쳤다.

"백준서!"

"꾸물거리지 마! 빨리!"

준서가 퉁퉁 부은 얼굴로 시온을 향해 소리쳤다. 준서의 의도를 눈치챈 악귀는 화가 난 얼굴로 준서의 몸을 밀어붙였다. 픽! 준서의 등이 벽에 부딪혔다. 준서의 잇새로 신음이 비어져 나왔다. 준서는 악귀와 비교할 수 없을 정도로 약했다. 어쩌면 시온보다 약할지도 몰랐다.

그럼에도 불구하고, 준서는 악착같이 악귀의 허리를 붙들고 늘어졌다. 픽, 픽, 악귀가 준서를 때리는 소리가 커다랗게 들렸다. 악귀의 신경질적인 외침이 마른 공기를 갈랐다.

"놔! 이 찰거머리 같은 놈! 이거 놓으라고!"

"뭐해, 이시온!"

그제야 퍼뜩 정신을 차린 시온이 청동거울을 들고 악귀에게로 다가갔다. 거울을 비추자, 석진의 허벅지에 어른거리는 검은 그림자가 보였다. 그 순간, 악귀의 눈이 번득였다. 허리에 준서를 매단 악귀가 달려오는 시온을 향해 주먹을 휘둘렀다. 단단한 주먹이 시온의 팔목을 강타했다.

"앗!"

묵직한 통증에 시온이 거울을 놓쳤다. 쨍그랑! 바닥에 떨어진 청동거울이 요란한 소리를 내며 깨졌다.

"내가 네 녀석들의 속셈을 모를 줄 알고!"

악귀는 준서를 떼어내려고 필사적이었고, 준서는 끈질기게 악귀를 붙들었다. 준서의 얼굴은 퉁퉁 부었고, 찢어진 상처에서는 피가 스멀스멀 배어 났다. 준서는 두 눈을 제대로 뜨지도 못했다. 팔에서 슬슬 힘이 빠지는 게 보였다.

준서가 마지막 남은 힘을 짜내듯 "으아아아!" 하는 기합을 넣으며 악귀를 밀어붙였다. 악귀가 뒤로 밀렸지만, 얼마 가지 못해 준서의 힘이 다했다. 준서의 다리가 꺾였다. 준서는 그 자리에 풀썩, 무릎을 꿇으면서도 악귀를 붙든 팔을 끝까지 풀지 않았다.

"이거 놔!"

그리고 시온은 그것이 자신에 대한 믿음 때문이라는 사실을 깨달았다. 준서는 시온이 약속을 지킬 것을 믿고, 악착같이 악귀를 붙잡은 채 늘어지고 있는 것이다. 시온에게 찰나의 기회를 만들어 주기 위해.

"못…… 놔."

"읏!"

시온은 치밀어 오르는 감정을 삼키고 황급히 청동거울을 주웠다. 그리고 깨진 거울로 다시 한번 악귀를 비추었다. 거울에 난 금을 따라 기괴하게 비틀린 석진의 등에서 꾸물거리는 그림자가 보였다. 시온은 있는 힘껏 달려가 석진의 등을 발로 걷어찼다.

"끅."

그 순간, 충격을 이기지 못한 악귀가 아주 잠깐 석진의 몸 밖으로 튕겨 나왔다. 시온은 그 틈을 놓치지 않고 검은 그림자의 끄트머리를 야무지게 움켜쥐었다. 축축하고 차가운 감각에 소름이 돋았다. 아무리 반복해도 익숙해지지 않는 느낌이었다. 아니, 그 어느 때보다 불쾌한 감각이었다.

그러나 시온은 젖 먹던 힘을 다해 그림자를 석진의 몸 밖으로 끌어냈다.

"말도 안 돼! 놔! 놓으란 말이야!"

악귀가 처음으로 당황한 표정을 지으며 등 뒤에 있는 시온을 떨쳐내려 거칠게 몸을 흔들었다. 엄청난 힘에 시온의 몸이 마치 종잇장처럼 이리저리 나부꼈다. 그러나 시온은 조금 전 준서가 그랬던 것처럼 끝까지 손을 놓지 않았다.

핑!

그 순간, 공기를 가르는 익숙한 소리가 들렸다. 감았던 눈을 뜨니, 손바닥만큼 튀어나온 그림자에 화살이 꽂혀 있는 게 보였다. 살짝만 어긋났으면 화살이 시온의 팔에 박혔을 것 같았다. 어깨가 부르르 떨렸다.

"야, 백준서! 하마터면 내가 맞을 뻔했잖아!"

얼굴이 하얗게 질린 시온이 저도 모르게 꽥하고 소리를 질렀다. 하지만 시온의 목소리는 곧 악귀의 날카로운 비명에 묻혀 흔적도 없이 사라지고 말았다.

"으아아! 안 돼! 내가 어떻게 버텼는데, 이깟 애송이들에게! 너희보다 오래된 저승사자도 손쉽게 따돌렸다고! 여기서 무너질 순 없어! 이거 놔!"

몸에서 서서히 힘이 빠지는지 악귀가 쑥, 하고 딸려 나왔다. 마지막 순간에는 사람의 형상으로 변하는 원귀와 달리 악귀는 끝까지 그림자의 형태를 유지했다. 그런데도 악귀가 느끼는 두려움과 공포가 손에 잡힐 듯 선명하게 느껴졌다.

도망갈 곳을 잃은 악귀가 움찔거리더니 방향을 틀었다. 악귀는 곧장 시온의 몸을 뒤덮었다.

"이시온 피해! 악귀가 네 몸에 들어갈 생각이야!"

"이미 늦었어!"

악귀가 킬킬거리며 시온의 코앞까지 다가왔다. 검은 그림자가 시온의 몸으로 쑥 들어갔다. 아니, 들어갔다고 생각했다. 하지만 악귀는 손가락 하나조차 밀어 넣지 못하고 그대로 튕겨 나왔다. 악귀가 당황한 표정으로 중얼거렸다.

"이, 이게 어떻게 된 거지?"

"그게 콩가루 집안의 위력이다!"

준서가 마치 잘난 체를 하듯 코웃음을 쳤다. 시온은 "남의 집안

치부를……"하고 투덜거리다 이내 입을 다물었다. 준서가 다시 화살을 쐈다.

핑!

"으악!"

화살은 정확하게 악귀의 심장을 꿰뚫었다. 시온의 손에 붙잡힌 채 발버둥 치던 검은 그림자에서 서서히 힘이 빠졌다.

"있어야 할 곳으로 돌아가. 네가 저지른 일에 대한 책임을 져야지."

준서가 싸늘하게 대꾸하며 가방을 열었다. 검은 소용돌이가 나타나더니 이내 모든 것을 빨아들일 듯 거센 바람이 몰아쳤다. 악귀는 방대한 힘에 끌려가지 않으려 바닥에 쓰러진 석진의 몸을 붙잡고 늘어졌다. 시온이 그런 악귀의 손을 매몰차게 떼어냈다.

"하지 마. 안 돼! 응? 제발 부탁이야. 나를 저승으로 보내지 마. 네가 원하는 건 뭐든지 줄게. 부귀? 영화? 말만 해. 제발 나를 저 차갑고 무서운 곳으로 보내지만 마. 내가 잘못했어. 미안해!"

악귀가 시온을 보며 애원했다. 그러나 시온은 냉담한 눈으로 악귀를 쏘아보며 마지막 손가락까지 떼어냈다.

"사과는 내가 아니라 네가 괴롭힌 사람들에게 해야지."

"으아아악!"

처절한 절규와 함께 악귀가 허공을 날았다. 악귀는 마지막 순간까지 몸부림을 쳤지만, 인과의 힘을 거역할 순 없었다. 마침내 악귀가 소용돌이 속으로 빨려 들어갔다.

그와 동시에 도서실에는 깊은 고요가 찾아왔다. 방금까지의 난투가 거짓말이었던 것처럼 평온한 적막이었다.

"하아."

시온이 긴 한숨과 함께 그 자리에 무릎 꿇었다. 안도감이 들자 눈물이 터져 나올 것만 같았다. 문득, 준서를 찾아 고개를 돌렸다. 또다시 두 사람의 눈이 마주쳤다. 울긋불긋 멍이 든 준서의 얼굴이 우스꽝스러웠다. 그래서 시온은 울음 대신 웃음을 터뜨리고 말았다.

"아하하, 너 얼굴이 그게 뭐야?"

"사돈 남 말하네. 너는 뭐 멀쩡한 줄 아냐? 머리가 아주 봉두난발이다."

"아하하."

"으하하."

두 사람은 바닥에 주저앉아 배를 잡고 웃었다. 그렇게 웃긴 일도 아니었지만, 이상하게 웃음이 멈추질 않았다. 고요한 도서실에 두 사람의 웃음소리가 메아리쳤다. 창에서 들어오는 오렌지빛 노을이 바닥을 주황색으로 물들였다. 그제야 평화로운 일상으로 돌아왔다는 느낌이 들었다.

시온은 두 눈을 질끈 감으며 안도의 한숨을 터뜨렸다.

다시, 피망이세요?

"준서는 벌써 일주일째 결석이네. 정말로 무슨 일이 있나? 너 혹시 얘기 들은 거 없어? 둘이 학교 끝나고 떡볶이 먹으러 갈 정도로 친했잖아."

가영이 두 눈을 가늘게 뜨며 시온의 옆구리를 쿡 찔렀다. 시온이 절레절레 고개를 저으며 "없어"라고 대답했다.

그때, 지안과 하윤이 가영의 책상 옆을 지나며 들으라는 듯 큰 소리로 이죽거렸다. 살짝 내리뜬 눈에 조소가 섞였다.

"준서도 너랑 엮이기 싫어서 학교 안 나오는 거 아냐?"

"혹시 쟤가 할머니한테 부탁해서 준서한테 저주라도 건 거 아닐까?"

"그럴 수도 있겠다."

지안과 하윤이 킥킥거리며 웃음을 터뜨렸다.

"이것들이 보자 보자 하니까!"

가영이 책상을 쾅 내리치며 자리에서 일어났다. 두 눈에 불을 켜고 지안과 하윤을 노려봤다.

"네가 이시온 시녀야? 뭔 말만 하면 난리니?"

"그러게."

"야, 너희 둘이 이리 와 봐! 오늘은 도저히 그냥 못 넘어가겠어."

가영이 두 사람을 향해 성난 걸음을 옮겼다.

"그냥 못 넘어가면 어쩔 건데? 때리기라도 하려고?"

지안과 하윤도 지지 않고 두 눈을 부릅떴다. 시온이 황급히 가영의 허리를 붙들었다.

"됐어. 난 괜찮다니까. 쟤들이 뭐라고 하든 전혀 신경 안 써."

그 말에 지안과 하윤은 한층 더 자존심이 상한 듯했다. 시온을 노려보는 눈매가 험악하게 변했다. 그때, 잠자코 앉아 있던 석진이 등을 돌리며 가영에게 말했다.

"맞아. 쟤네들이 저런 말을 한다고 시온이 널 이상하게 생각하는 애들은 없으니까 신경 쓰지 마. 할머니가 무당인 게 뭐 어때서? 요즘 세상에 직업에 귀천이 있는 것도 아니고."

"……나도 그렇게 생각해."

소심하게 끼어든 목소리에 고개를 돌리자, 소심한 성훈이 그들의 눈치를 살피며 머리를 긁적였다.

"시온이는 그냥 시온이지. 고등어를 좋아하는 시온이."

문제집을 풀고 있던 연아도 연필을 내려놓고 뒤를 돌아봤다. 좀처럼 존재감을 드러내는 법이 없는 연아가 흘러내린 안경을 밀어 올리며 덧붙였다.

"응. 시온이 가정사를 알게 됐다고 해서 다정한 시온이가 다른 사람으로 바뀌는 것도 아니니까. 난 지금의 시온이가 좋아."

"읏."

반 아이들이 하나둘 시온의 편을 들고 나서자, 지안과 하윤은 사뭇 당혹스러운 표정을 지었다. 책상에 엎드려 있던 윤재가 "아씨, 시끄러워서 잠을 못 자겠네" 하며 짜증을 냈다. 그러곤 시온을 돌아보며 핀잔을 날렸다.

"쟤네들이 하는 짓 동영상으로 찍어. 너 그거 잘하잖아."

"⋯⋯동영상?"

그 말에 지안이 두 눈을 크게 떴다. 가영이 휴대폰을 꺼내며 "모처럼 윤재가 옳은 말 했네. 너 괴롭히는 거 찍어서 신고해야겠다"라고 으름장을 놓았다.

"됐어!"

신경질적으로 소리를 지른 지안이 허둥지둥 교실을 나갔다. 멍하니 시온의 얼굴을 쳐다보던 하윤이 울상을 지으며 지안의 뒤를 쫓아갔다.

"흥."

거하게 코웃음을 친 가영이 두 손을 탁탁 털며 "상대도 안 되는 것들이 까불어" 하고 큰소리를 쳤다. 그러곤 표정 없는 얼굴로 우두커니 서 있는 시온을 돌아보았다.

"걱정하지 마, 시온아. 지안이랑 하윤이가 한 번만 더 너를 괴롭히면 내가 가만히 안 있을 테니까. 더 이상 참지 않을 거야."

그 말에 연아가 "나도!" 하고 소리쳤고, 석진이 "이제는 부끄러워서라도 못 괴롭히지 않겠어?"라고 말했다. 그 순간.

"아하하!"

시온은 입을 벌리며 환하게 웃었다. 갑자기 박장대소하는 시온의 모습에 아이들이 어리둥절한 얼굴로 서로의 얼굴을 바라보았다. 초등학생 때와 똑같은 일이 벌어졌지만, 전혀 다른 상황이 펼쳐졌다. 시온은 찔끔 흘러내린 눈물을 닦으며 "고마워" 하고 작게 속삭였다.

＊

"언제쯤 오려나? 아니, 다시 오긴 하려나? 설마 안 오는 건 아니겠지?"

입술을 삐죽이던 시온이 우뚝, 걸음을 멈추었다. 익숙한 목소리가 귓속을 파고든 탓이었다.

"피망이세요?"

그 순간, 시온이 두 눈을 크게 떴다. 천천히 뒤를 돌아보자, 우체국 앞에 서 있는 준서의 모습이 보였다. 통통한 체격의 아줌마가 난처한 표정으로 고개를 끄덕이고는 머뭇머뭇 말을 이었다.

"그런데 정말로 이 부채를 사려는 거 맞아? 낡은 부채인데. 못해도 족히 30년은 되었을 거야. 내가 이런 말까지는 안 하려고 했는데, 몇 번 부치지도 못하고 찢어질 수도 있어."

"예, 괜찮아요. 제가 옛날 물건에 관심이 많아서요. 오천 원 맞죠?"

"됐어. 학생한테 돈 받고 팔려니까 양심에 찔리네. 왠지 코 묻은 돈 뺏는 것 같아서 말이야. 산다는 사람 없으면 버리려고 했던 물건이거든. 그냥 가져."

"정말 괜찮으세요? 공짜로 주셔도 돼요?"

준서가 두 눈을 반짝이며 물었다. 아줌마가 "호호호" 하고 웃음을 터뜨리며 준서의 어깨를 두드렸다. 퍽퍽, 아줌마의 힘에 못 이긴 준서가 휘청거렸다.

"설마 내가 한 입으로 두 말 하려고."

"고맙습니다."

"그래. 그럼 들어가, 학생. 나는 장 보러 가야 해서."

"예, 안녕히 가세요."

준서가 아줌마를 향해 깍듯하게 인사했다. "아이고, 학생이 예의도 바르네" 하고 말한 아줌마가 흐뭇한 미소와 함께 저만치 걸어갔다.

"너 학생 아니잖아? 나 보고는 백 살이 넘었다고, 동방예의지국이 어쩌고 하며 손도 못 대게 했으면서. 아줌마한테는 잘도 인사한다?"

"뭐야? 또 너냐?"

등 뒤에서 불쑥 튀어나온 시온의 얼굴을 보고 준서가 눈살을 찌푸렸다. 오랜만에 보는데 대뜸 인상부터 쓰는 준서의 행동에 시온도 지지 않고 눈을 흘겼다. 그동안 걱정했던 게 억울해지는 순간이었다.

"뭐야, 또 너냐? 그게 열흘 만에 보는 친구한테 할 말이야? 그동안 학교는 왜 안 왔어."

부채를 챙겨 넣은 준서가 떨떠름한 얼굴로 대꾸했다. 부루퉁한 목소리가 원망스러운 빛을 띠었다.

"과장님 청동거울 훔쳐 간 거 들켜서 근신 처분을 받았거든. 게다가 거울이 깨지기까지 했으니까 3개월 감봉에 경위서까지 썼다고. 에이 씨, 승진에 영향을 미치면 안 되는데."

하, 시온이 한숨을 내쉬었다. 원귀에게 당한 상처 때문에 입원이라도 했을 줄 알았는데, 전혀 생각지도 못한 이유였다. 준서는 시큰둥한 얼굴로 공원을 향해 천천히 걸음을 옮겼다. 시온이 장바구니를 달랑달랑 흔들며 준서의 뒤를 따라갔다.

"그럼 내일부터 다시 학교에 나오는 거야?"

"그래야지. 8급 승진이 코앞인데 여기서 멈출 순 없잖아."

"다행이네."

"뭐가?"

"그냥. 너 말도 없이 다른 데로 간 줄 알았거든."

"승진이 그렇게 쉬운 줄 아냐? 너도 세상의 쓴맛을 빨리 봐야 할 텐데. 쯧쯧."

열흘 만에 봐도 준서는 준서였다. 얄미운 건 여전하다는 말이다. 그럼에도 불구하고, 예전처럼 화가 나지 않는 걸 보면 생각보다 걱정을 많이 했었던 모양이다.

"그 악귀 말이야."

뜬금없는 시온의 말에 준서가 힐긋, 시선을 던졌다. 시온은 녹아서 흘러내린 아이스크림을 먹으며 생각에 잠긴 얼굴로 말을 이었다.

"다른 원귀들은 모두 마지막 순간에 인간의 형상을 했는데, 그 악귀는 끝까지 사람의 모습으로 변하지 않아서 이상했거든."

"그런데?"

"어쩌면 인간이었던 때의 기억을 모조리 잊어버린 것 아닐까? 이 세상에 남았던 미련조차 까맣게 잊어버리는 순간, 원귀는 악귀가 돼 버리는 거지."

"뭐, 그렇게 틀린 말은 아니야. 죽음을 받아들이지 못하고 원한이나 후회, 슬픔, 사랑 같은 미련을 가지면 원귀가 되는데, 그 미련조차 잊어버리면 악만 남거든."

"어째서 석진이의 몸에 있었는데도 눈치채지 못했을까? 좀 더 빨리 알았다면 좋았을 텐데."

"내 눈에도 안 보였으니까 자책할 필요 없어. 석진이를 잡아먹고도 남을 만큼 오랜 시간 그 몸에 있었는데도 석진이는 멀쩡했잖아. 아마 석진이의 몸에 숨어 있을 때는 힘을 거의 사용하지 않았을 거야. 대신 자신의 힘을 다른 원귀에게 나눠 주며 학교가 혼란스러워지는 걸 지켜봤겠지."

준서가 걸음을 멈추지 않으며 심드렁하게 대꾸했다. 시온이 다 먹은 아이스크림 막대를 들고 하늘을 올려다보았다. 구름 한 점 없이 새파랬다.

"원귀들이 내 눈에 보이는 이유 말이야."

다시 준서의 시선이 날아왔다. 시온은 준서를 돌아보지 않은 채로 나직이 중얼거렸다.

"어쩌면 원귀들이 악귀가 되지 못하도록 하는 게 내 사명이 아닐까?"

"글쎄."

준서가 자신은 모르는 일이라는 듯, 뜨뜻미지근한 목소리로 대답했다. 그게 당연했다. 답은 준서가 아니라 시온이 가지고 있었으니까. 준서가 할 수 있는 건 시온의 이야기를 들어 주는 것뿐이었다.

시온은 한결 후련한 얼굴로 준서의 어깨를 툭 쳤다.

"떡볶이 먹으러 가자!"

"뭐? 아까 내가 한 말 못 들었냐? 3개월 감봉이라고. 월급이 깎였단 말이다."

"내 덕분에 악귀를 저승 세계로 무사히 돌려보냈잖아. 보통 원귀도 아닌, 악귀를 말이야. 평범한 원귀 한둘을 잡은 것보다 실적이 훨씬 좋았을 텐데?"

"하여간 눈치는 귀신같이 빨라서."

준서가 주머니를 뒤지다가 손에 든 부채를 보며 말했다.

"일단 이 원귀부터 해치우고."

"좋아!"

두 사람은 나란히 공원 안으로 걸어 들어갔다. 시온의 입가에 유쾌한 미소가 맺혔다. 뜨거운 뙤약볕이 두 사람의 머리 위로 쏟아졌고, 조용한 기타 선율과 함께 노랫소리가 들려왔다. 그리고 준서의 손에 들린 부채에서 검은 그림자가 일렁였다.

전작『소리를 삼킨 소년』덕분에 중·고등학교에 강연을 갈 일이 종종 있었다. 그곳에서 만난 학생들에게 "『소리를 삼킨 소년』이 처음 읽은 장편소설"이라는 얘기도 더러 들었다.

문득, 내 어린 시절이 생각났다. 나는 책 읽는 걸 꽤 좋아하는 아이였다. 재미있는 책이 있으면 뒤의 내용이 궁금해 도저히 참지 못하고 자다가도 벌떡 일어나 마저 읽곤 했다. 학교 가야 하니까 일찍 자라는 말에도 건성으로 대답만 하고, 새벽까지 몰래 책을 읽었다. 그러지 않으면 천장에서 뒷이야기가 아른거려 잠들 수가 없었다. 아마 지금의 친구들이 부모님 몰래 게임을 하는 그런 마음이었을 거다.

그래서 이번『피망이세요?』는 "재미있는 책을 쓰자!"를 목표로 잡았다. 첫 장을 펼치면 마지막 장까지 한 번에 후루룩, 읽을 수 있는 책 말이다. 유튜브를 보려다가도, 혹은 게임을 하려다가도 뒷이야기가 궁금해 결국 다시 펼쳐 들 수밖에 없는 책이 되기를 바란다. 물론, 목표가 굉장히 높다는 것은 알고 있다. 당장 나부터도 유튜브와 게임이 하고 싶으니까.

목표했던 것만큼 재미있는 책이 되었는지는 잘 모르겠다. 어차피 평가는 내가 아니라 읽은 사람의 몫이지 않을까. 다만 친구들이 읽은 장편소설 목록에 『피망이세요?』가 한 줄 추가 되었으면 하는 바람이다.

2023년 봄

부연정

피망이세요?

© 부연정, 2023

초판 1쇄 발행일 | 2023년 4월 14일
초판 2쇄 발행일 | 2023년 11월 6일

지은이 | 부연정
펴낸이 | 정은영
편   집 | 최찬미 전유진
마케팅 | 이언영 연병선 한정우 윤선애 최문실
제   작 | 홍동근

펴낸곳 | (주)자음과모음
출판등록 | 2001년 11월 28일 제2001-000259호
주   소 | 10881 경기도 파주시 회동길 325-20
전   화 | 편집부 (02)324-2347, 경영지원부 (02)325-6047
팩   스 | 편집부 (02)324-2348, 경영지원부 (02)2648-1311
이메일 | jamoteen@jamobook.com
블로그 | blog.naver.com/jamogenius

ISBN 978-89-544-4888-8 (43810)